Thomas Koschat

Die Rosenthaler Nachtigall

Thomas Koschat

Die Rosenthaler Nachtigall

ISBN/EAN: 9783743631823

Hergestellt in Europa, USA, Kanada, Australien, Japan

Cover: Foto ©Andreas Hilbeck / pixelio.de

Weitere Bücher finden Sie auf **www.hansebooks.com**

Die Rosenthaler Nachtigall.

(Aus den Kärntner Bergen.)

Volksstück mit Musik in 4 Akten

von

Thomas Koschat.

Als Manuskript gedruckt.   Alle Rechte vorbehalten.

Leipzig, Verlag von F. E. C. Leuckart
Constantin Sander.
1890.

Manuscript.

Uebersetzungsrecht für alle Sprachen vorbehalten; für sämmtliche Bühnen des In- und Auslandes, ohne Unterschied der Sprache, im ausschließlichen Debit von Gabor Steiner in Wien IV. Hauptstraße 7, von welchem allein das Recht der Aufführung erworben werden kann.

Wien October 1889.

Thomas Koschat.

K. K. conc. Theater- und
Concert-Agentur
⸙ Gabor Steiner ⸙
→ Wien ←
IV. Wiedener Hauptstraße 7

Personen:

Andreas Feldbacher, Bürgermeister von St. Stephan.
Luzele, seine Tochter.
Dr. Hans Bergler, Magister der Chemie.
Die Bergler-Mahm, seine Tante.
Der Schreiber-Michel, emeritirter Gemeindekanzlist.
Fritz Bachler, Sohn des Waldmüllers.
Der alte Simon.
Waberl, Luzele's Schulfreundin.
Stöfel, } Bauernbursche.
Nazel, }
Hauserle, ein Jäger.
Franzele, Schuljunge.
Leonie Blümel, eine junge Wittwe.
Lisette, Wirthschafterin bei Dr. Bergler.
Bauern und Bäuerinnen, Bursche und Mädchen, Jäger, Knappen und Musikanten.

Der erste, zweite und dritte Akt, sowie das zweite Bild des vierten Aktes spielen im Alpendorfe St. Stephan; das erste Bild des vierten Aktes in einer Stadt Deutschlands.

Zeit: Gegenwart.

Zwischen den einzelnen Akten liegt jedesmal ein Zeitraum von einigen Wochen.

Vorspiel (Partitur Nr. 1).

Erster Akt.

(Alpenlandschaft. Vorne rechts das Haus des Bürgermeisters mit einer Veranda. Links vorne eine freistehende Linde. Der Prospekt bietet das Panorama einer felsenreichen Waldpartie.)

1. Scene.

(Luzele, Fritz, einige Bursche und Mädchen, darunter Stöfel, Nazel und Franzele. Das Haus des Bürgermeisters ist mit Tannenreisig und Fähnlein dekorirt. Fritz steht auf einer Leiter und befestigt über dem Hausthore den letzten Buchstaben zum Worte „Hoch!" Luzele reicht ihm aus der Schürze die hiezu nöthigen Rosen.)

Luzele (munteres, hübsches Bauernmädchen von 17 Jahren).

So, jetzt kummt noch a rothe Rosen und bann sein wir fertig; da nimm's. — Aber Fritzl, was machst denn, das H steht ja ganz bucklig da; hast denn kan Augenmaß? Gib doch die rechtseitige Rosen etwas mehr nach links. (Fritz verschiebt eine Rose.) ..., jetzt is guat.

Fritz (schmucker Bauernbursche von 24 Jahren).

Kann i schon 'nunter steigen, Luzele?

Luzele.

Ja, ja, steig' nur 'runter und schau Dir die G'schicht' von da an, — 's macht sich wirklich wunderhübsch, die rothen und weißen Rosen auf'n grünen Hintergrund.

Fritz (der mittlerweile von der Leiter gestiegen ist).

Meiner Seel', schaut richtig gar nit so übel aus. Die Stadtleut' haben voriges Jahr ihre Häuser a nit viel feiner und nobliger auf'putzt, wie s' die Tiroler Schützen empfangen haben. (Zu den Umstehenden.) No, was sagt's denn Ihr dazu?

Bursche und Mädchen (durcheinander).
Kunnt nit schöner sein, 's is a Pracht.

2. Scene.

Vorige, Bergler-Mahm später Schreiber-Michel.

Mahm (komische Alte, schusselig und redselig. Joppe mit Puffärmeln. Athemlos von links rückwärts).
Wo ist denn der Schreiber-Michel? Hat Niamd den Schreiber-Michel nit g'seh'n? — I brauch' ihn wie an Bissen Brot. (Erblickt das dekorirte Haus.) Ah! — Ah! — Ah! (Langgedehnte Ausrufe der Bewunderung.) Schau, schau. — Hm, hm. Ah! Ah!

Fritz.
Seib's bald fertig, Bergler-Mahm mit Eurem Ah! — Ah! — Hm, hm?

Mahm.
Ah, der Fritzel. Hast Du das g'macht?

Fritz.
In Kompagnie mit der Rosenthaler Nachtigall.

Luzele ab in's Haus.

Mahm.
Seib's a Paar recht guate Leuteln, Ös Zwa. Du mei — Wird mei Hansel a narrische Freud' haben. — Aber sagt's mir jetzt, wo is denn nur der verflixte Schreiber-Michel? I brauch' ihn ja wie an Bissen Brot.

Michel. (Hoher Fünfziger. Sogenannter „G'schäftlhuber". Altmodisch gekleidet. Tellermütze mit sehr großem Schirm. Von Mitte rechts.)
Da is er. Punkt Sechs is, wie's ausg'macht war.

Mahm.
Gottlob; i war schon voller Nadeln. (Nimmt Michel abseits und übergibt ihm in einem lose geschlossenen Papiersäckchen drei Stücke

Selchwürste.) Kumm' her und nimm die drei Pfundwürst' als
Angab'. — Das Zehnfache kriegst und extra drei Maß
Schilcherwein, wann Du Dei' Sach' guat g'macht hast. Ver=
standen? — Alsdann, is All's in Ordnung?

Michel.

In schönster Ordnung. — Auf daß ja nix passirt, hab'
i die ganze Feierlichkeit Punkt für Punkt aufg'schrieben. Wart',
i les' Dir's vor. (Greift in die Tasche, wobei er das ihn hiebei
hindernde Papier=Säckchen, ohne es geöffnet zu haben, Nazel zum Halten
gibt.) Nazel, geh', halt' das Packerl an Augenblick.

Nazel (vierschrötiger Bauernbursche, übernimmt das Säckchen, stellt
sich etwas abseits, und während Michel weiterspricht, öffnet er es heimlich).

Michel (aus einem Blatt vorlesend).

Ein Böllerschuß' als Signal, wenn der Doctor Hans
gegen St. Stephan fahrt. Ist der Wagen beim Hause des
Bürgermeisters angelangt, wird dreimal „Hoch" gerufen. Vor=
her schon Aufmarsch der Knappen und Jäger.

Nazel (für sich).

Der Michel hat an zwa a g'nua; die dritte kunnt' dem
Nazel a nit schaden. (Nimmt heimlich eine Wurst aus dem Säckchen
und übergibt dieses dem Stöfel.) Stöfel! Geh', halt' die G'schicht'
da an Augenblick; 's g'hört dem Michel; i muaß nachschau'n
geh'n, ob die Böllerschützen g'nuag Pulver hab'n. (Ab.)

Stöfel (fideler Bauernbursche, für sich).

Was kann denn da drin sein? (Oeffnet heimlich das Säckchen.)

Michel (fortfahrend).

Ist dann auf meine Aufforderung Alles wieder ruhig, tritt
der Bürgermeister vor und hält die Begrüßungsred'! — Du,
i sag' Dir, liabe Bergler=Mahm, i hab' die Red' g'hört, wie
er sie gestern probirt hat, mir sein die Thränen nur glei so
oba g'runnen, wie a Dachtraf, wann's stark regnet.

Stöfel (für sich).

So feiste Würst' hab' i schon lang nit g'seh'n. Das
Sprüchwort sagt: „Getheilte Freud' is doppelte Freud'". —

1*

W'rum soll der guate Michel nit a doppelte Freud' haben? (Steckt die zweite Wurst ein und gibt das Säckchen mit der letzten dem Franzele). **Franzele, halt das Ding, bis es Dir der Michel abnimmt.** (Rasch ab.)

Franzele (10=jähriger Schuljunge, übernimmt das Säckchen und hält es mit beiden Händen sorgsam vor sich).

Michel (im Vorlesen fortfahrend).

Nach der Rede des Bürgermeisters kommt die Schönste von St. Stephan, die Luzele, mit ihrem Gedicht und Bouquet. — Die Luzele deklamirt sehr lieb, wirst seh'n, Bergler=Mahm. — Dann spricht jedenfalls der Doctor Hans ein paar Dankes= worte und dann kommt die Hauptnummer: „Ein Sonntag auf der Alm", worin dem hohen Gaste ein Erinnerungsbild seiner Jugend vorgeführt wird. — So, Punktum! — Halt! Bald hätt' i vergessen, Dir hamlich zu verrathen, daß i ganz z'letzt a Feuerwerk abbrennen werd': a großmächtiges Feuer= rad, was i selber fabrizirt hab'. — Hast noch was zu be= merken, Bergler=Mahm, so sag's?

Mahm.

Nix, gar nix hab' i mehr zu bemerken. Ausgezeichnet is All's z'sammg'stellt, und gar a Feuerwerk a. — Ja, der Schreiber=Michel, das is halt a Mordkampel, wann er will. Jessas, wird mei Hansel a Freud' haben, wann er so feier= lich empfangen wird. J bin selber schon ganz täppet vor lauter Freuden. — Aber sag' mir nur, wo hast denn das Packet mit die Würscht' hingethan?

Michel.

Ja richtig. Wer hat denn mei Packet?

Franzele.

Da is es.

Michel (fühlt durch das Papier, daß nur mehr eine Wurst darin ist — zur Mahm).

Was ist das für a balketer G'spaß; von drei Würst' hast g'redt und an anzige is drin.

Mahm (betroffen).

Drei müaſſen drin ſein; i mach' kan G'ſpaß.

Michel (blickt dem ängſtlich daſtehenden Franzele einen Augenblick ſcharf in's Auge; hierauf erfaßt er ihn bei den Haaren und ſchopfbeutelt ihn).

Wart', i werd' Dir lernen Würſt' ſchnipfen, Du Schlankel, Du nixnutziger.

Franzele (weinend).

J hab' ja nix g'ſchnipft.

Mahm (beſchwichtigend).

Halt' aus, Michel, halt' aus. — J derſinn' mi ſchon; i hab' die anderen zwa Würſt' wahrſcheinlich auf 'n Herd z' Haus liegen laſſen. Mein Gott! J bin halt ſo viel ver= luren vor lauter Freuden, daß i nach 18 Jahr mein Hanſel wieder ſeh'n werd'. (Streichelt Franzele.) Geh', armer Franzele, hör' auf zu wanen und ſei wieder guat; da haſt a klan's Schmerzengeld. (Nimmt dem Michel die Wurſt ab und gibt ſie Franzele.)

Franzele.

Vergelt's Gott! — Juhe! (Ab).

Mahm (zu Michel).

Morgen will i mein' Fehler dreifach guat machen; aber jetzt nur kan Aufſehen nit vor die Leut'; es ſchaut ſunſt ſo g'wiß quaſi aus. — Du verſtehſt mi ſchon; nit wahr? (In dieſem Augenblicke erdröhnt ein Böllerſchuß.)

Burſche und Mädchen (durcheinander).

Er kummt! — Er kummt (Alles blickt nach rechts Mitte.)

Mahm (ſtößt unmittelbar nach dem Schuß einen Schrei aus).

Marand Joſef! — Er is da. J fall' in Ohnmacht, halt's mi auf. — (Will in Ohnmacht fallen, überlegt es und trippelt mit den Andern nach rechts Mitte.)

Michel (verſucht die Burſche und Mädchen in eine ſchiefe Linie nach rechts zu bringen, jedoch vergebens).

3. Scene.

Vorige, dazu **Musikanten, Knappen** und **Jäger**; hierauf **Bürgermeister** und **Dr. Hans**, später **Luzele**.

(Partitur Nr. 2.)

(Gleich nach dem Böllerschuß intoniren die Musikanten einen Marsch hinter der Scene. Beim zweiten Theile desselben betreten sie die Bühne. Ihnen folgen 8 Knappen und 8 Jäger im strammen Aufmarsch und während des Trios einige Evolutionen ausführend, die mit einer schiefen Linie gegen den Hintergrund rechts schließen. Das Volk steht hinter der Linie. Kurz vor Schluß des Marsches hört, beziehungsweise sieht man einen Wagen anfahren mit dem Bürgermeister und Hans als Insassen. Knechte übernehmen die Koffer und tragen sie in's Haus.)

Michel.

Hoch!

Alle.

Hoch!

Mahm (stürzt auf Hans zu, der an der Seite des Bürgermeisters mittlerweile bis gegen die Mitte der Bühne vorgetreten ist).

Mei Hansel! Mei guater, liaber, braver Hansel! (Umarmt schluchzend Hans, der in diesem Augenblicke zur linken Seite des Bürgermeisters steht.)

Mahm (ringt sich von Hans endlich los, nach links zu den Umstehenden).

Und wie sauber er 'worden is, nit wahr? — Es is a reine Passion, ihn anzuschau'n. — I sag' nix, als: heut is der schönste Tag in mein' Leben.

(Während dieser Worte hat sich Michel zwischen die Mahm und Hans gestellt und schüttelt diesem die Hand. Plötzlich wendet sich die Mahm wieder nach rechts und im Wahne, Hans stehe noch immer neben ihr, umarmt sie mechanisch den Michel.)

Mahm.

Mei liaber, mei anziger Hansel.

Michel.

So an Abbusselei is mir a mei Lebtag noch nit passirt.

Mahm (überrascht aufblickend, empört).

Was sein das wieder für blöde Witz', Du alter Täpp, Du dummer! — Schau, daß D' weiter kummst, sunst werd' i schiach.

Michel.

Mei Schuld is es ja nit. Du bist ja ganz verloren heut; d'rum verzeih' i Dir a den alten und dummen Tapp.

Mahm (will Hans abermals umarmen).

Michel (abwehrend).

Aber i bitt' Di, laß' doch den Herrn Bürgermeister endlich zu Wort kummen. (Zu den Umstehenden.) Es wird um Ruhe gebeten, der Herr Bürgermeister will sprechen.

(Es tritt lautlose Stille ein.)

Bürgermeister (angehender Sechziger, sympathische Erscheinung. Bäuerliche Sonntagstracht. Tritt etwas nach vorne. Spricht mit Wärme und Ausdruck).

Gerad' jetzt vor 18 Jahren war es, daß der Student Hans Bergler mit an ausgezeichneten Zeugniß in der Taschen auf Ferien hamkummen is. Der Pfarrer, der Bürgermeister, der Bergverwalter Veit, kurzum die ganze Gemeinde hat ihre Freud' an dem braven Studenten g'habt und hat ihm und seiner Muater — Gott hab' sie selig! — aus vollstem Herzen gratulirt. — Zwa Monat' später sein ihm wieder von allen Seiten Segenswünsch' mit auf den Weg gegeben worden, wie er in's Priester=Seminar abg'reist is. — Der Bergler=Hans is aber nit in's Priesterhaus 'gangen, sondern auf die Hochschul' für Naturwissenschaften. Der Schritt is ihm schrecklich verübelt worden. Harte Wort' sein g'fallen, schwere Verwünschungen ausg'stoßen und bittere Thränen vergossen worden. — Ganz St. Stephan hat den „verlornen Sohn" betrauert und verurtheilt. —

A Jahr um's andere is verstrichen; St. Stephan hat derweil an andern Pfarrer und an andern Bürgermeister erhalten, — andere Menschen mit andern Anschauungen. — Und wie wieder von Bergler=Hans die Red' war, hat's auf amol g'haßen, es war' doch ka g'fehlter Weg g'wesen, den er betreten hat; — mögen nun die Alt=Stephaner über'n Hans Bergler seinen Berufswechsel gedacht und g'red't haben, wie immer — (mit erhobener Stimme). Das Ane steht fest, daß sich Doctor Hans Bergler durch sein Talent, durch sein' Fleiß und durch seine eiserne Willenskraft an Namen erworben hat, auf den seine Heimat St. Stephan mit Recht stolz sein kann. — Wir wollen d'rum die Sünden unserer Vorfahren, die freilich nit in ihren Herzen, sondern in den damaligen finsteren Verhältnissen zu suchen sein, wieder guat machen, indem wir unserm hochverehrten Gast während der kurzen Zeit, wo er bei uns sein wird, die Ehren erweisen, die er verdient. Wir ehren uns dadurch nur selber. — D'rum ruf' i aus vollster Brust und i bin überzeugt, ganz St. Stephan stimmt mit mir begeistert ein: „A dreifaches Hoch! und a herzliches Willkommen unserm lioben Freund und Landsmann Doctor Professor Hans Bergler!"

Alle.

Hoch! Hoch! Hoch!

Hans (Achtunddreißiger. Typus eines Gelehrten. Ernst, doch nie tragisch; eher Fatalist. Distinguirte Erscheinung. Vollbart. Reiseanzug. Tritt etwas vor; es tritt vollständige Ruhe ein. Spricht rein deutsch).

Meine liebwerthen Landsleute und Freunde! Glaubt mir, daß ich gewohnt bin, öffentlich zu sprechen; in diesem Augenblicke jedoch...

Luzele (im Festkleid, drängt sich mit einem Strauß aus Alpenblumen vor).

J bitt', gnädiger Herr Doctor, zuerst kumm' noch i d'ran, auf den Zettel steht's aufg'schrieben, den mir der Schreiber-Michel 'geben hat.

Hans (herzlich).

O, ich bitte vielmals um Entschuldigung, mein Kind.

Luzele (naiv).

Aber, Herr Doctor; i bin ja doch ka Kind nit mehr.

Hans (lächelnd).

Also, mein Fräulein.

Luzele.

Das noch weniger. J bin anfach die Luzele.

Michel (ärgerlich).

Aber so schieß doch amol los. Du haltest durch Dei Gequatsch die ganze Feierlichkeit auf.

Luzele (mit kindlichem Pathos deklamirend).

„Die Dianblan von St. Stephan,
Die Luzele voran,
Wir bringen Dir den Buschen,
Viel Glückwünsch' hängen d'ran.
Wie 's Jägerkraut am Felsen,
Das grün bleibt 's ganze Jahr,
So mögen Glück und Segen
Dir treu sein immerdar."
(Macht eine kleine Pause.)

Michel (in der Meinung, Luzele habe den Zusammenhang verloren, soufflirt ziemlich laut):

„Der Enzian, der blaue"...
Ja, hörst denn nit, Luzele?
„Der Enzian, der blaue..."

Luzele (ärgerlich).

So laßt's mi doch geh'n; i waß schon selber, was i zu reden hab'.

(Deklamirt weiter.)

„Der Enzian, der blaue,
Der Heimatliab bedeut'!
Schau her, wie er Di anlacht, —
Es is a wahre Freud'!
Der Speik, das Alpenröserl,
Das Edelweiß dazua,
Sie alle ruafen herzlich:
Grüaß Gott, Du Almerbua!
(Reicht Hans den Blumenstrauß.)

Hans.

Wie herzig! — Und wie hübsch Sie deklamiren können. Bedanken werde ich mich bei Ihnen ein andermal. — (Zu den Umstehenden.) Meine liebwerthen Landsleute! Erwartet von mir keine Rede. Was immer ich Euch zu sagen hätte, es ließe sich in die wenigen Worte zusammenfassen, daß ich diesen Augenblick zu einem der schönsten meines Lebens zähle. — Morgen, übermorgen und später, wenn wir uns näher getreten sein werden, will ich jedem Einzelnen von Euch, Ihr Lieben die Hand schütteln und ihm sagen, wie glücklich ich mich unter Euch in meinem theuren Heim fühle. Für heute spreche ich Euch meinen wärmsten und herzlichsten Dank aus für die große Ehre, die Ihr mir erwiesen, und für die Freude, die Ihr mir durch diesen geradezu rührenden Empfang bereitet habt. (Küßt den Bürgermeister und schüttelt den Zunächststehenden die Hände.)

Mahm (will Hans durchaus auch küssen, wird jedoch von Michel daran gehindert, der auf Hans zutritt).

Michel.

Bevor wir Euch „gute Nacht" wünschen, verkehrter Herr Doctor ...

Luzele (einfallend).

— verehrter Herr Doctor.

Michel (ungestüm).

So laß' mi doch geh'n; i waß schon selber, was i zu reden hab'. — Also bevor wir Euch eine verehrte Nacht wünschen, guter Herr Doctor, möchte Euch die Dorfjugend noch eine kleine Ueberraschung bereiten: eine musikalische Schilderung eines „Sonntags auf der Alm" — eine Art Erinnerung an Eure Jugendzeit. — Ich bitte Euch darum, an der Seite unseres verkehrten Herrn Bürgermeisters und der gefertigten Bergler=Mahm dort oben auf der Veranda Platz zu ergreifen. (Wischt sich den Angstschweiß von der Stirne.)

Bürgermeister, Hans u. Mahm verfügen sich auf die Veranda.

Mahm (während sie an Michel vorübergeht).

Brav, Michel, brav! Sehr schön hast g'redt.

(Partitur Nr. 3.)

Es folgt die Idylle

„Ein Sonntag auf der Alm".

Scenerie.

(Schon zu Anfang des Aktes hängen an dem Stamme der freistehenden Linde, an einen eisernen Stift gesteckt, 8 übereinandergelegte, etwa einen Quadratmeter große Tafeln, deren oberste die Aufschrift: „Willkommen" trägt. Michel tritt unmittelbar nach seiner Einladungsrede zur Linde und entfernt während der kurzen Uebergangsmusik von einem Bilde zum andern je eine Tafel. Die oberste mit der Aufschrift „Willkommen" versehene entfernt er mit dem ersten Takte des Orchesters. — Gegen die Veranda ist ein Halbkreis gebildet, und es treten die Soli bei ihrem Gesang, den sie durch lebhaftes Spiel unterstützen, von Fall zu Fall aus dem Halbkreis gegen die Mitte der Bühne vor und nach Absolvirung ihrer Nummer sofort wieder in den Halbkreis zurück.)

Tafel:
„Morgenandacht".

(Glockengeläute aus dem Thale. Alle entblößen ihre Häupter und knieen nieder.)

Gesammt=Chor
(den auch die Soli mitsingen).

„Sei uns gegrüaßt, du heil'ger Tag,
O Jungfrau Muater Gottes,
So guat, so süaß und rein,
Wir danken Dir in Demuth
Für alle Gnaden Dein.
O laß' uns allweil schauen
Dei mildes Gnadeng'sicht,
Daß uns und unsern Lamplan
Ka Lad und Unglück g'schicht.
Sei uns gegrüaßt, du heil'ger Tag!"

Tafel:
Jägerständchen.

(Michel entfernt die frühere Tafel bei der ersten Hornfanfare.)

Fritz (als Jäger gekleidet, bläst die Hornfanfare — mit Echo — zu Luzele gewendet).

„Wann's kan Schnee mehr oba schneibt
Und der Kerschbam Blätter treibt,
Wann die Bienen umersummt
Und die Schwalben wieder kummt;
Wann das Täuberl g'schamig kirrt
Und der Tauber Herzweh g'spürt,

Gelt, das is die schöne Zeit,
Die a uns Zwa gar so g'freut."

  Männerchor
  (gegen Luzele gewendet).

„Diandle, hörst denn Du
Dein Buam sei Standerl nit?
Mach' doch 's Herzerl auf,
Schau, er bringt Dir heut
An schönen Buschen mit
Und a Busserl d'rauf."

  Fritz.

„Sigst, sogar der Stieglitz durt
Singt mit mir in einem furt;
Selbst das Omaschle beim Bach
Pfeift mir schon mei Liadle nach.
Glei nur Du, Du bist ganz kalt
Wie der Kieselstan in Wald.
Diandle, sei nit gar so thär,
Sunsten sigst mi niamer mehr!"

  Tafel:
  Eine Liebesgeschichte.

  Luzele (überrascht vortretend).

„Jessas, mei Bua! —
Hab' Di nit 'kennt;
Sigst schau, das macht halt
Das Echo vom G'wänd'."

  Fritz (neckend).

„Schau, schau, wie fein!
Hast mi nit 'kennt?
Bist wohl seit Pfingsten
An andern Buam g'wöhnt."

  Luzele (trotzig).

„Jetzt hab' i g'nua,
Dalketer Bua!

Wann's D' mir nix glabst,
No, so laß' mi in Ruah."

Fritz (kleinlaut).
"Sei nit glei harb,
Diandle mei, mei!
I waß ja, Du bleibst mir
Ja alleweil treu."

Fritz und Luzele (versöhnt, Arm in Arm).
"Beim Tannenbam steht a Kapellen,
Da geh' m'r jetzt hin ganz allan.
Durt woll' m'r vor Gott uns erzählen,
Wie guat und wie treu mir uns san.
Und Nachmittag geh' m'r zur Hütten,
Die 'n Stöf' seiner Senderbirn g'hört!
Durt krieg' ma heut Knödel und Schnitten
Und Trutzliadlan a, wie ma hört."

Tafel.
Trutzlieder.

Stöfel (zu Waberl).
"Das Waberl möcht' allweil
An Grafen zum Mann.
Es schaut's aber Niamd,
Selbst der Halter nit an.

"So stolz wie der Pfau
Tragt das Waberl ihr Köpfl,
Doch drunter den Halstuch
Versteckt sie a Kröpfl."

Waberl (degagirtes Bauernmädchen).
"Was braucht ma den Mond
Und was braucht ma die Stern',
Die Nasen von Stöf
Is die schönste Latern'.

"Der Stöf is der g'schickteste
Schütz, den i kenn'; —

Er schießt — und die Gams
Bleiben rudelweis steh'n."

Tafel:
„Almtanz und Wettersprüch'".

Männerchor (zwei Paare tanzen einen grotesken Ländler
bis zur Stelle * im Text).

„Die Musik is da
Und der Tanz geht jetzt an,
He, Stöf, nimm a Dirn,
Draht's Euch lustig voran.
Wer tanzen nix kann,
Der macht sunsten an G'spaß,
* Singt „Liadlan" und „Sprüch'",
Oder was er halt waß."

Luzele (die ein altes Tuch um die Schulter geworfen, eine
altmodische Haube aufgesetzt und eine Hornbrille auf die Nase gegeben, imitirt
ein altes näjelndes Weib).

„Was glabt's, was da g'schicht,
Wann's zu Pfingsten fest schneibt? —
Da wird der ganz weiß,
Der am Feld draußen bleibt.

„Was g'schicht, wann's zu Liachtmeß
Recht regnet und schütt'? —
Da nimmt ma beim Ausgeh'n
A Regendach mit.

„Was g'schicht, wann zu Ostern
Der Wörthersee g'friert? —
Da geht Niamand baden,
Weil 's Eis ihn schenirt.

„Wann's mitten in Winter
Recht dunnert und blitzt; —
Da wett' i, daß Niamand
Am Großglockner sitzt."

Tafel:
Monblandschaft.

(Beim vierten Vers wird der Mond bereits sichtbar und beim Ausruf „Der Mond" wendet sich Alles gegen den aufgehenden Mond.)

Gesammt-Chor.

„Der Mond! — Wie schön du heut
Von Glockner außerwachst!
Dir sing' i 's beste Liad,
Weil's d' gar so freundlich lachst.
An Alm, so saftig grün,
A Nacht, so hell und klar!
Wer da nit glücklich is,
Is recht an armer Narr!

„Mei Brust hebt sich vor Freud'
Und selig is mei G'müath,
Sogar das Veigerl lacht,
Das drent beim Wildbach blüaht.
Die Röserlan und Bam,
Die stolze Felsenwand —
Mir Alle sagen dir:
„Guat'n Abend, liaber Mond!"„

(Bei dem kurzen Abendglockenläuten entblößen Alle ihre Häupter, knieen jedoch nicht nieder.)

Tafel:

„Abschied von der Alm".

Männerchor. (Einige Burschen versuchen, die sich wehrenden Mädchen zu küssen.)

„Hört's das Abendglocken-G'läut';
Seid's zum Abschiedsnehm' bereit.
G'schwind a Busserl noch mei Dirn,
Jessas, thua Di nit so zier'n!"

Gesammtchor.

„Schöne Alm, jetzt pfiat bi Gott!
Schon vergeht das Abendroth.
Schöne Alm, jetzt guate Nacht!
Hast uns tausend Freuden g'macht.
Pfiat Gott! Guat' Nacht! Guat' Nacht!"

Michel (holt unmittelbar, nachdem er die letzte Tafel „Abschied von der Alm" enthüllt hat, aus der ersten Coulisse links ein Lattengestell, auf dem ein Feuerrad angebracht ist. Dieses Gestell stellt er vorne links auf, und will das Feuerrad anzünden. Doch dieses versagt; ab und zu werden wohl kleine Funken sichtbar, allein zum Feuerfangen und Rotiren ist es nicht zu bringen. Wüthend reißt Michel, kurz bevor der Vorhang fällt, das Feuerrad vom Gestell und schleudert es mit Wucht auf den Boden. Unter Hüteschwenken und Sanges= jubel fällt der Vorhang).

A c t u s.

Entr'acte (Partitur Nr. 4).

Zweiter Akt.

(Der Prospekt bietet das Bild einer üppigen Waldpartie. Rechts und links vom Hintergrunde führt je ein praktikabler Steg gegen das im linken Vordergrunde stehende ebenerdige Haus der Bergler=Mahm. Vor dem Haus ein mit einem weißen Linnentuche überdeckter Tisch; daneben eine Bank.)

1. Scene.

(Hans und Mahm. Ersterer sitzt beim Aufgehen des Vorhanges auf der Bank und liest in einem Buche.)

Mahm (mit einer Kaffeetasse aus dem Hause).

Du glabst gar nit, was Du mir für a Freud' machst, daß Du endlich amol zu mir frühstücken 'kummen bist. Freilich so guat wirst es nit haben, wie beim Bürgermeister, und zur Bedienung hast a ka so a Saubere nit, wie die Luzele, aber ma thuat halt, was ma kann. — So; da is der Rahm b'rin und da der Kaffee; mach' halt selber die Mischung, wie's Dei Gusto is. (Zieht einen in ein Tuch eingewickelten Brief aus der Schürzentasche.) Du, da hab' i noch was für Di. Errath' amol, was d'rin is.

Hans.

Offenbar ein Stück Gugelhupf.

Mahm.

Oha!

Hans (befühlt das Tuch).

Ei freilich habe ich weit gefehlt. — Das ist Deine Photographie, die Du mir versprochen hast.

Mahm.

Wieder g'fehlt. — A Brief is d'rin; just hat ihn die Luzele gebracht. (Wickelt das Tuch auf.) So, da is er. — Pfui Teuxel! Is das a Kritzel-Kratzel-Schrift! Wird wahrscheinlich von an Deinigen Schulbuben sein.

Hans.

Die Schulbuben, die ich unterrichte, tragen fast durchweg schon Vollbärte.

Mahm.

So? — Desto größer die Schand'.

(Ab in's Haus.)

Hans (öffnet den Brief).

Hab' mir's doch gleich gedacht: von meinem Freunde Constantin aus Deutschland. — Ein beneidenswerther Mensch, mit seinem nie versiegenden Humor! (Liest.) „Nun, wie geht es Dir in dem großen Laboratorium der Natur, wo Du den Sauerstoff nicht in der Retorte zu erzeugen brauchst und wo sich mitunter durch jene geheimnißvolle Kraft, die noch kein Chemiker analysirt hat, der traurigste Bücherwurm in einen lustigen Falter verwandelt? — Oder machst Du auch dort Dein gewohntes schwefelsaures Gesicht, das Dich zu einem sechzigjährigen Hypochonder stempelt? — Meine Schwester Leonie und ich wünschen sehnlichst, daß Du gesundet an Seele und Gemüth heimkehren mögest und zwar sehr bald, um einem fröhlichen Familienfeste beizuwohnen. — Ich heirate nämlich. — (Hans lacht laut auf; liest weiter.) Ja, ja, lache nur; es ist mein vollster Ernst. — Weißt Du was! — Heirate auch. — Ich bin fest überzeugt, daß Dich nur ein Weib zu dem machen kann, wozu Du ja doch veranlagt bist; zu einem gemüthlichen Menschen, der hin und wieder auch scherzen und lachen kann. — Doch genug für heute. — Nimm meine und meiner Schwester herzlichste Grüße entgegen und überlege Dir meinen Rath; Du später Jüngling Du. — Dein aufrichtiger Freund Constantin."

Hahaha! Ich und heiraten! Mein lieber Freund Constantin, da kannst Du lange warten. — Das einzige Wesen, das mich in meinem Entschlusse, Junggeselle zu bleiben, wankend machen könnte, wäre Deine eigene Schwester Leonie. Doch diese reizendste aller jungen Witwen denkt sicher an Andere, als an den „schwefelsauren" Hausfreund, wie sie mich stets zu nennen beliebt! — Ah pah! — Ich bleibe ledig.

2. Scene.

Hans und Luzele, später Michel.

Luzele (tritt, eine große Henkelkanne in der Hand tragend, aus dem Hause und singt):

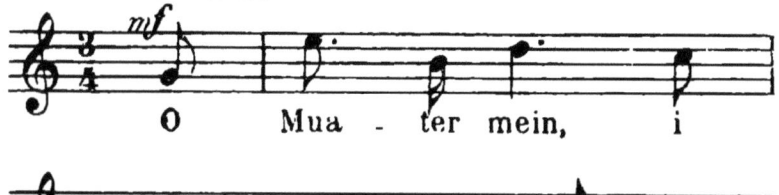

(erblickt Hans und hält mit dem Gesang plötzlich inne). Küß' die Hand, Herr Doctor! küß' die Hand!

Hans (herzlich).

Aber Luzele; hab' ich's Ihnen nicht schon hundertmal gesagt, daß ich das „Küß' die Hand" nicht hören mag?

Luzele.

Just so oft hab' i Ihnen gebeten, zu mir nit „Sie" zu sagen. Aug' um Aug'; Zahn um Zahn!

Hans (für sich).

Das nenne ich einen passenden Vergleich (zu Luzele). Also abgemacht: Von heute an bin ich für Luzele weder ein gnädiger Herr, noch ist Luzele für mich ein Fräulein — Einverstanden?

Luzele (entschieden).

Ja! Hand d'rauf. (Handschlag.)

Hans.

Nun sage mir, was war denn das für ein nettes Liedchen, das Du soeben begonnen hast? Kann ich's nicht ganz hören?

Luzele.

O ja; aber auslachen därfen S' mi nit.

Hans (kneipt Luzele in die Wange).

Eines Waldvögeleins Sang erfreut Herz und Gemüth; und Du bist ja so eine Art Waldvögelein.

Luzele (räuspert sich neckisch und singt).
(Partitur Nr. 5.)
Lied.

„O Muater mein, i hätt' a Frag',
Die i schon lang am Herzen trag':
W'rum schnaberln denn zur Fruhjahrszeit
Die Täuberln so voll Lust und Freud?"

(Ahmt in Ton und Geberde eine bigotte Mutter nach.)

„Da schaut's amol das Schlankerl an!
Mit der werd' i mei Kreuz noch han.
A so a Frag'! — Wer is d'rauf g'faßt?
Will schau'n, was sich da sagen laßt."

Die Täuberln manst, w'rum s' schnaberln than?
Es is nix d'ran; no waßt, i man':
Sie ham halt große Hungrigkeit
Und freu'n sich auf die Futterzeit."

(Schelmisch.)

„I will mir's merken, Muater mein,
Ihr sollt mit mir zufrieden sein;
Denn was ma von der Muater hört,
Is mehr als Gold und Silber werth."

(Gemüthlich erzählend.)

„Zur Osterzeit, — das is g'wiß schön,
Da than die Leut brav fasten geh'n.
Von Morgen an bis spat in b' Nacht
Werd g'fastet, daß der Magen kracht."

Da mahnt a's Diandle ihren Bua;
Du, Hansel, schau, mir laßt's ka Ruah;
Heut z'essen war' Gottlosigkeit,
Drum fast' ma a; — mach' mir die Freud'!
Und richtig geh'n s' das Fasten an;
Mit Plauschen werd die Zeit verthan;
Doch Abends nach dem Aveg'läut
Da kummt die große Hungrigkeit."
Af amol fangen s' z' schnaberln an;
Die Muater sigt's und fluacht, was kann.
Ihr Töchterl aber jauchzt voll Freud':
Ja secht's, das macht die Hungrigkeit."

Hans.

Reizend! — Ganz allerliebst! — Ja, ja, nicht umsonst nennt man Dich die Rosenthaler Nachtigall. Sag' mir, wie heißt denn das herzige Lied?

Luzele.

"Das Schnaberln" haßt's. — Wissen S' was "Schnaberln" is?

Hans.

Ich glaube es zu wissen.

Luzele.

Segen S', das haßt ma "Schnaberln" (macht die Geberde des Küssens).

Hans.

Luzele! Tritt etwas näher an mich heran. (Luzele thut es.) Noch näher. (Es geschieht). — So und jetzt blicke mir fest in's Auge und sage mir aufrichtig, aber ganz aufrichtig: Hast Du auch schon "geschnaberlt"?

Luzele (beherzt).

O ja.

Hans (betroffen).

So? — Und darf ich auch wissen mit Wem?

Luzele.

No, mit der Großmuater.

Hans.

Hahaha! — So meint' ich's ja nicht!

Luzele.

Mit'n Vater versteht sich und nachdem mit'n alten Vetter Thomas a. Aber dem hab' i nur am Ostersonntag a Nutschele 'geben, weil er mir da alle Jahr' a neues Halstuch und a Schürzen schenkt.

Hans (zagend).

Und mit einem jungen Bauernburschen hast Du noch nie „geschnaberlt"?

Michel (erscheint schleichend, links rückwärts).

Luzele (entschieden).

Na! Das aber nit. Der Herr Pfarrer hat's streng verboten und der Vater a. — „Aber dem Doctor Hansel kannst schon a Bußel geben, wann er just an's haben wollt'", hat der Vater g'sagt. Der Doctor Hansel is schon a ältlicher, g'setzter Mann und a sunsten ganz wer Anderer, da is nix mehr g'fährlich."

Hans (für sich).

Und unter solch' aufmunternden Auspizien räth mir Freund Constantin das Heiraten! (Zu Luzele.) So, das hat Dein Vater gesagt?

Luzele.

Ja, das hat er g'sagt. Na, wollen S' an's haben von mir? (Spitzt neckisch den Mund.)

Hans (blickt einen Augenblick Luzele stumm in's Auge, dann küßt er sie zart).

O heilige Unschuld!

Michel (huscht unter hämischen Geberden verstohlen in's Haus).

Luzele.

Brrrr! — Wie Ihner Bart kitzeln thuat.

Hans (verlegen).

Ist das Alles ....

Luzele.

Ja .... was .... soll .... Aha! I waß schon, auf was das hinausgeht! Bald hätt' i b'rauf vergessen. (Nestelt von ihrem Busen eine Nelke los und steckt sie Hans in's Knopfloch.)

So, so, jetzt sein S' aber sauber! — Jemine! Der Vater war'
schön bös 'worden, wenn i b'rauf vergessen hätt'.

Hans.

Was sagst Du? Der Vater wäre bös geworden; ja warum
denn?

Luzele.

Weil er mir den Auftrag 'geben hat, so lang Sie in St.
Stephan sein, Ihnen jeden Tag a frisches Nagerl, oder a
Rosen in's Knopfloch zu stecken.

Hans (für sich).

Eine Liebenswürdigkeit auf Kommando! Auch recht auf=
munternd.
(In diesem Augenblicke hört man vom Kirchthurme die Uhr schlagen.)

Luzele (deutet mit der Hand, sich ruhig zu verhalten und zählt
die Schläge).
Ans! — Zwa! — Drei! — Vier! — Fünf! —
Sechse! — Sieben! — Achte! — O Jemine! Der Verdruß!
Um $^1/_2$ 8 soll i mit der Milch bei der Pfarrerköchin sein, und
jetzt is schon Achte! — Jetzt haßt's aber lafen. (Herzlich.)
Gehn S' liaber Herr Doctor! Helfen S' mir durch den Wald,
wo Ihnen ja eh' Niamand sigt, die schwere Milchkandel da
tragen. Wann ma in's Freie kummen, nimm is Ihnen schon
wieder ab. — Schauen S', i hab' Ihnen so a schön's Bußel
'geben.

Hans (lachend).

Auf das kann ich allerdings nicht „nein" sagen. (Nimmt·
die Milchkanne).

Luzele (klatscht in die Hände).

Uje! — das schaut aber g'spaßig aus. — So, jetzt geh'
ma aber, 's is die höchste Zeit. (Hängt sich in Hans' linkem Arm
ein. Rechts rückwärts ab).

5. Scene.

Michel und Mahm.

Michel (schleicht vorsichtig aus dem Hause).

G'schwind, Bergler=Mahm, g'schwind; wirst was Inter=

effantes fegen. — Aber fo tummel' Di doch, funft is aus mit'n
Zauber.

Mahm (eine großpuffärmelige Joppe ungeschickt anziehend, humpelt
aus dem Hause).
No, no, wird nit so präsant sein. Haft wahrscheinlich
wieder an balketen Fux vor?

Michel.
Na, mei Liabe; dösmal is es recht a trauriger Ernst. —
Da schau amol gegen das Birkenwaldl hin.

Mahm (blickt nach dieser Richtung und erschrickt).
Heilige Anastasia! — Wie wird mir denn! — Das ist ja
mei Hansel und die Luzele.

Michel (höhnisch).
Ganz richtig; die Zwa sein's.

Mahm (höchst erregt).
Der Doctor Hans Bergler, den unser hochwürdiger Herr
Pfarrer zuerst grüaßt; und der bei die gelehrten Sitzungen
mit lauter hohe Herrschaften auf aner und derselben Bank sitzt;
der Mann, der auf seiner Brust die goldene Metalie für seine
Gelehrigkeit tragt; derselbe Mann, den die St. Stephaner in
aner Weis' empfangen haben, als ob der Kaiser selber auf
B'such kummen war', der Mann geht mit aner g'wöhnlichen
Bauerndirn' eing'hängt spaziren und erniedrigt sich so weit,
daß er wie a Hausknecht an Milchanper umanander schleppt
— — — —! (Stampft mit den Füßen.) Zum Sakra! **Das
därf nit sein!** — Da hat die Bergler=Mahm a noch a
Wört'l d'reinzureden. (Will Hans und Luzele nacheilen.)

Michel (die Mahm an den Puffärmeln der noch immer nicht
angezogenen Joppe zurückhaltend).
Oha! Oha! Nur nit so gach! — Was willst denn
eigentlich bezwecken? Willst dem Doctor Hans die Schand'
anthun und ihn vor der Luzele heruntersetzen oder willst der
Luzele an Tanz machen, daß sich der Doctor dann ihrer an=
nimmt? — Mit solchen Sachen machst Du die G'schicht' nur
noch ärger. — Ruhig überlegen und dann handeln; das is

mei Rath. — Ma kann ja nit wiſſen, vielleicht is a gar nix dahinter.

Mahm.

A paperlapa! Wo amol a Frauenzimmer dahinter is, da is immer was dahinter. — Merk' Dir das. Und die Luzele is in die Jahr', wo ſie ſchon anfangt, a Frauenzimmer zu ſein.

Michel (vorwurfsvoll).

Natürlich, das unſchuldige Haſcherl, die Luzele ſoll jetzt das Bad ausgießen. — J will Dir was ſagen: wenn Du ſchon Wen ſchwarz machen willſt, ſo fang' bei Dein eigenen Neffen an, beim Doctor Hans. — Glabſt denn Du, daß das kindiſche Dianbl die Kuraſch hätt', mit'n Doctor Spaſſeteln zu machen, wenn er ſie nit dazua aufmuntern thät'? Glabſt denn Du, daß die in chriſtlichen Glauben und in Gottes= fürchtigkeit auferzogene Tochter von unſern ehrenwerthen und ſtrengen Burgermaſter ſo an Herrn, wie es der Doctor is, mir nix Dir nix abbußelt, wenn er's nit ſo wollen hätt'? — Ma muaß die hohen Stadtherrn nur kennen. Die nehmen's mit der Ehr' von an Bauern=Dianbl lang nit ſo g'nau, als ma's bei ihrer Bildung und Stellung voraus= ſetzen ſollt'. —

Mahm.

In dem Ton verbiet' i Dir von mein Hanſel zu reden. — Af der Stell' geh' i jetzt zum Burgermaſter und verzähl' ihm, was i g'ſegen hab'. Der wird ſchon wiſſen, was er zu thun hat.

Michel.

Da kummſt an den Richtigen. Die Grobheiten kaf' i Dir nit ab, die Du kriagſt, wann Du nur das Geringſte gegen ſei Tochter vorbringſt. — Juſt ſo, als es ja Du a nit vertragſt, wann ma über Dein Hanſel an andere Meinung hat, als es die Deinige is.

Mahm (gereizt).

Zwiſchen dem Doctor Hans Bergler und an gewöhnlichen Bauernbiandl wird doch noch an Unterſchied ſein; oder viel= leicht nit?

Michel.

Der Unterschied is der, daß die Luzele an unerfahr'nes Kind is, während der Doctor sein Ansehen und sei G'scheidtheit dazu ausnutzt, ihr den Kopf zu verdrahen. Besinn' Di nur, was die Leut' über'n Hansel g'redt haben, wie er als Student anstatt in's Priesterhaus, waß der Teufel wohin 'gangen is.

Mahm (zornig).

Pfui, scham' Di, Du alter Hetzer, als was Di ganz St. Stephan kennt, so zu reden. Aus Dir spricht nix, als a grauslicher Haß. — Wrum? — Das waß der liabe Gott. — Der guate Doctor hat Dir ganz g'wiß kan' Anlaß dazu 'geben.

Michel.

Ka Haß is es nit, der aus mir redt'! Aber den Hochmuth vertrag' i nit, mit dem mi Dei Neffe behandelt. — Wer hat damals die ganze Empfangsfeierlichkeit ausstubirt? — Der Schreiber-Michel. — Wer hat das schöne Gedicht g'macht, was die Luzele vorgetragen hat? Der Schreiber-Michel. — Wer hat die Bilderg'schicht' mitsammt die Liader wochenlang einstubirt? Der Schreiber-Michel. — Und für alles das hat der noblige Herr Doctor nit an anziges Wort der Anerkennung g'habt. — I muaß es schon als a b'sondere Auszeichnung anschauen, wann er mitunter af mein Gruß sagt: „Na, wie geht's?" — Liabe Bergler-Mahm, das Ane kannst mir glaben: in an hochmüthigen und undankbaren Menschen steckt selten a guater Kern.

Mahm (aufathmend).

Also daher waht der Wind. — Schau, wie Du mein' Hansel Unrecht thuast. — I will — das haßt — i muaß Dir wohl jetzt was verrathen. — Glei am Tag nach der Empfangsfeierlichkeit fragt mei Hansel den Burgermaster: wer das Alles so schön arranschirt hat. Der Burgermaster sagt: Das hat der Schreiber-Michel g'macht. Af das sagt wieder der Hansel: Das muß a guater Mensch sein, i will ihm a a Freud' machen und ihm am Tag, wo ich wieder abreise, drei Dukaten zur Erinnerung an mich übergeben; aber reinen Mund halten, es soll eine Ueberraschung sein. (Bemüht sich die

Sprechweise des Hans nachzuahmen.) So. Da haſt Du jetzt die Ueberraſchung.

Michel (der während dieſer Mittheilung Mund und Augen aufreißt, verſucht ſein abfälliges Urtheil über Hans auf einen Scherz hinauszuſpielen. Lacht laut auf).
Hahaha! — Richtig is mir die Bergler-Mahm wieder aufg'ſeſſen. — Hahaha! — Du haſt noch ſelber g'ſagt: i hätt' ſchon wieder an Jux vor und doch biſt mir aufg'ſeſſen. — Aber, Bergler-Mahm, i werd' doch nit dem zudringlichen Fratzen, der Luzele, das Wort reden? für ſo balket wirſt mi ja doch nit halten. — Das Aergerniß, wodurch noch der Doctor in a G'red kummen kunnt', muaß an End' nehmen. — Laß' nur mi mit'n Burgermaſter reden. — J verſteh's beſſer wie Du. Ma därf nit glei mit der Thür in's Haus fallen. Ma muaß die G'ſchicht' fein einfadeln, ſo g'wiß quaſi, als ob gar nix dahinter war', wenn ſich das Tſchapperl von an Mann, wie der Doctor Hans is, abbuſſeln laßt. — Ma muaß ſo an Art G'ſpaß d'raus machen; verſtehſt? Der Burgermaſter is a Pfiffikus, der wird ſchon wiſſen, wie viel's g'ſchlagen hat.

Mahm (ſtößt Michel mit dem Arm).
J! Du Schlaucherl Du! — Wie Du fein und politiſch ſein kannſt, wann Du willſt. — Du. haſt Recht, ſo mach' ma's. — Aber das Ane ſag' i Dir. Mit ſolche G'ſpaß, wie vorhin mit der Verſchimpfung von mein' Hanſel, därfſt mir nimmer kummen. Das ganze Bluat is mir in die Adern g'ſchoſſen. J fieber' jetzt noch an Händ' und Füaß und Alles wegen dem z'nichten Diandlan, wegen dem Sch.....

Michel (einfallend).
Pſt! Pſt! J waß, was Du ſagen willſt. Aber ſo a Wort därf ma nit laut ausſprechen, wann's a ganz am Platz is. — Das hochnaſige und angabige Gitſcherl wird ihre Sach' bald ausg'ſpielt haben. (Im Abgehen mit lauter Stimme.) Daß der ehrenwerthe Namen von Doctor Hans Bergler in St. Stephan nit beſchmutzt wird; dafür wird der Schreiber-Michel ſorgen; das verſpricht er Dir auf Ehr' und G'wiſſen. (Beide ab links hinter das Haus.)

4. Scene.

Fritz, später Waberl.

Fritz (tritt mit geschultertem Jagdgewehr rechts vorne auf).
Der Stöfel erzählt mir, die Luzele war' zur Bergler=
Mahm 'gangen. Just sig' i bie Bergler=Mahm mit'n Schreiber=
Michel gegen das Bürgermeisterhaus zuageh'n. — Also is
jetzt die beste G'legenheit, der Luzele a Standerl zu bringen.
(Stellt sich gegenüber dem Hause auf und singt.)

Partitur Nr. 6.

Lied.

„Is das nit a Nachtigall,
Die so wunderschön schlagt?
Oder is es an Amerling,
Der um's Weible so klagt?
Oder luschpert an Omaschle
Sei Morgengebet?
Oder pfeift gar a Dreschele
So herzig und nett?

„Es is mei liab's Zartele,
Das gar so schön singt;
So daß an vor Seligkeit
Das Herz in Leib springt.

Zum Sakra! Es rührt sich nix. — Aha! I waß schon;
mei Zartele möcht' halt das zweite G'setzel a noch hören.
(Singt.)

„Sein das nit zwa Rösalan,
Von der Fruhjahr=Sonn g'azt,
Mit die's erste Schatzele
Der verliabte Bua trazt?
Oder schauen die Apfalan
So roth aus und schön?
Oder thuat hinterm Achenbam
Die Sonn' untergeh'n?"

„Es sein mein schön' Luzele
Ihre Wanglan so roth;
Und wer's amol g'segen hat,
Verliabt sich zu todt."

Waberl (eine mit Gras gefüllte Kreunze auf dem Rücken tragend, erscheint gegen Schluß der zweiten Strophe von rückwärts rechts).

A, da schaut's amol den narrischen Fritzel an; macht der der alten Bergler=Mahm a Standerl.

Fritz (für sich).

Sapralot! Die Waberl kummt mir recht ung'legen.

Waberl (spöttisch).

Ober gilt's vielleicht der Luzele? — Da kannst lang singen; die hat jetzt ganz andere Sachen in Kopf als Deine verliabten G'stanzeln. Die spaziert mit ihren **nobligen** Liabhaber in Birkenwaldl umanander. Wirst Di schon um a andere Dirn umschauen müassen. — Ober bist vielleicht nit gar so haklich und wartest ab, bis Du Dei Geliebte wieder z'rucktriagst. — J that' Dir rathen, laß' sie lafen, benn — (singt):

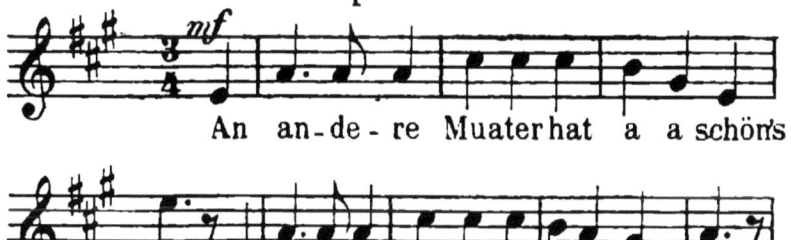

Ländlertempo.

An an-de-re Muater hat a a schön's Kind; an ande-re Muater hat a a schön's Kind.

(Geht singend über die Bühne links rückwärts ab.)

5. Scene.

Fritz (allein, ruft Waberl spöttisch nach).

Hat Di' leicht wieder Aner sitzen g'lassen, weil's D' gar so stänkerisch aufg'legt bist? (Als Antwort hört man hinter der Scene abermals die Worte singen: „An andere Muater hat a a schön's Kind; an andere Muater hat a a schön's Kind.) A was! Laß' ma's geh'n, die zuathatige Dirn. (Ernst und nachdenkend.) Hm, hm! — „Die Luzele spaziert mit ihrem **nobligen** Liabhaber im Birken= waldl umanander." — Das muaß i hören. — Das engelreine

Kind, die Freud' von ihrem Vater und der Stolz von St. Stephan soll.... na, na! Eher glab' i, daß sich der Gamsberg spaltet, als daß die Luzele etwas thuat, was an Makel auf sie werfen kunnt'! — — W'rum aber is sie seit a paar Tag' so hopatatschig gegen mi? Und w'rum hat sie mir gestern auf mei Frag', ob der Doctor a großer Blumenfreund is, weil i alle Tag' a Röserl in sein Knopfloch sig', die g'schnappige Antwort 'geben: „Na, für was Du Di schon interessirst?" — Oder sig' i vielleicht doch zu schwarz? — Es wird a so sein. Pfui, scham' Di, Fritzel, daß Du nur an Augenblick lang von der Luzele haft Uebles denken können! — (Aus der Entfernung hört man das „Halloh" der Jäger.)

Fritz.

Aha! Die Jager geh'n schon auf die Pürsch. Soll i mi anschließen? (Stampft mit dem Fuße auf.) Verflucht! — Daß i die Wort' von der Waberl nit aus'n Kopf bring'! — „Mit ihren nobligen Liabhaber spaziert die Luzele umanander" —

hat sie g'sagt. — Am End' hat sich gar der Hochmuthsteufel der Tochter vom Burgermaster auf's Gnack g'setzt! — A bißerl eitel war sie immer; das steht fest. Das Miederl hat alleweil guat passen müassen; blaue und rothe Seidenbanderln hat sie Sonntags in ihre Zöpf 'neing'flochten. — Und wann sie a neues Halstuch oder a neues Hüterl 'kriegt hat, is sie den ganzen Nachmittag bei ihre Freundinnen umanander g'lofen und hat sich bewundern und beneiden g'lassen. — Der Doctor Hans is jetzt die erste Person in St. Stephan. Mit an andern Diandlan gibt er sich fast gar nit ab und die Luzele zeichnet er bei jeder Gelegenheit aus. — Muaß das dem eitlen Kind nit in Kopf steigen? —

Luzele (erscheint im Hintergrunde rechts und geht auf den Fuß=
spitzen vorsichtig auf Fritz zu).

Fritz.

Aber deswegen braucht sie ja den Doctor nit gern zu haben, man' i, das g'hört ja doch auf an ander's Blatt. — A pah! — Wozu soll i mir denn mei' Hirn zermartern! — I geh' mit auf die Jagd, da werden mir schon andere Gedanken kummen. (Hängt das während des Singens abgelegte Gewehr auf die Schulter und will abgehen.)

6. Scene.

Fritz und Luzele.

Luzele (hält von rückwärts mit beiden Händen Fritz die Augen zu).

Gugu! Wer is?

Fritz (befühlt Luzele's Hände — für sich).

Sie is es. Jetzt will i ihr doch a bisserl auf'n Zahn fühlen. (Zu Luzele.) Wem sollen denn die klanen, weichen Handerln sunst g'hören, als der schönsten Dirn von St. Stephan; — der Tochter vom Burgermaster.

Luzele (gibt die Hände von Fritzens Gesicht weg).

Schau, schau, wie galant heut; bin's gar nit mehr g'wöhnt von Dir.

Fritz (ernst).

I bin von Dir so Manches nit mehr g'wöhnt.

Luzele (pikirt).

So? — Und was bist denn nit mehr g'wöhnt von mir?

Fritz.

A! Laß' mi geh'n, an andersmal woll' ma d'rüber reden, bin heut nit aufg'legt.

Luzele.

No, no; das brauchst ja nur zu sagen, wann Du an schlechten Hamur hast. J will Di nit weiter scheniren. (Will abgehen.)

Fritz.

Luzele, bleib'.

Luzele.

Wann Du so a G'sicht machst, bleib' i nit. Entweder Du bist freundlich mit mir, wie es sich ziemt, oder Du kannst Deine Weg' geh'n. Sekiren laß' i mi nit, das sag' i Dir schon. (Herzlich.) Geh', schau, Fritzel! Es stund' Dir viel besser an, wann Du mir wieder an's von Deine herzigen Liader vorsingen möchtest, mit die Du mir immer so viel Freud' machst. Dann thät' i a gern was Neues lernen, weil i alle Augenblick' dem Herrn Doctor was vorsingen muaß.

Fritz (spöttisch).

So, so; Du muaßt dem Doctor vorsingen? — No wart', i werd' Dir a Liad lernen, das kannst ihm dann vorsingen, wenn Du das Herz dazu hast. Paß' guat auf.

Partitur Nr. 7.

(Singt.)

„J kenn' a Diandle fein,
Wie wenig gleich ihr sein.
A Wuchs so schlank wie's Reh
Und Handerln weiß wie Schnee.
A Goscherl roth wie Bluat,
Das all'weil lachen thuat,
Mir geht der Himmel auf,
Denk' i nur d'rauf."

„Am Kirchtag denk' i mir:
Gehst freundlich hin zu ihr

Und fragst sie recht mit G'fühl,
Ob's mit Dir tanzen will.
Sie mant: ja w'rum denn nit?
Und i sag': no i bitt'.
Joj! Draht mi die rundum,
I war ganz dumm."

„Jetzt hat die Liab mi 'packt
Und i sag' klanverzagt:
Hätt' noch a schöne Bitt',
Gelt, Du versagst mir's nit? —
Laß' mi an Blick 'nein than
Beim selben Fensterlan,
Wo ma das Herzle sigt
Und was d'rin liegt."

„Sie lacht mir schelmisch zua
Und mant: mei liaber Bua,
Was fallt denn Dir nur ein,
Was wird denn d'rinnen sein?
A bißerl „Traurigkeit",
A Menge „Lustigkeit",
A bißerl „G'müath und G'fühl"
Und sunst nit viel."

„Wia's Kinderl bei der Tauf,
Schlagt's jetzt ihr Aeugerl auf,
I guck' ihr tiaf hinein,
Es war so klar und rein.
Und wie der Mond im See
Sig i d'rin „Freud' und Weh"
A bißerl „Traurigkeit"
Viel „Lustigkeit".

„Af amol fallt's mir ein:
Guckst a in's Kammerl' 'nein;
Wo sich die „Liab" versteckt,
Von „Freundschaft" schön verdeckt.
I ruck' die „Freundschaft" weg,
Sitzt schon Wer da ganz keck,
Schaut mi großmächtig an,
I armer Mann!"

Luzele (gibt gegen Schluß des Liedes mimisch zu verstehen, daß
sie dessen Sinn nicht begreife).

Wie schad', daß das Liab so spaßig aufhört; anfangen thät's
so hübsch.

Fritz.

Das glab' i, daß Dir das End' vom Liab nit g'fallt.
Fühlst Di halt getroffen, gelt?

Luzele.

I soll mi getroffen fühlen? Wieso denn?

Fritz (aufbrausend).

Du fragst noch? Du..... Du......!

Luzele (einfallend).

Fritz! Du wirst grob. Hast Du was gegen mi, so red'
offen und deutlich, dann kann i Dir a Red' und Antwort
steh'n. Aber Anspielungen in Trutzliadern vertrag' i nit,
weil i nit waß, was Du damit sagen willst.

Fritz (mit erhobener Stimme).

Alsdann guat! I will Dir's offen g'steh'n, was mir am
Herzen brennt. — — Von Deine besten Freundinnen muaß
ma's sich erzählen lassen, daß Du aufg'hört hast, das Tugend=
muster der St. Stephaner Madeln zu sein und daß die Leut'
anfangen, mit dem Finger auf Di zu zagen. (Ironisch.) Natür=
lich, nobler und feiner schaut's freilich aus, mit an Doctor
eing'hängt spazieren z' geh'n, als sich von an g'wöhnlichen
Bauernburschen auf'n Tanzboden abholen zu lassen.

Luzele (heftig).

Den Doctor laß' aus'n Spiel; so fangt die G'schicht' an.
Und was mi angeht, so sag' i Dir nix als das Ane: Wann
Dir die Tratschereien von meinen sogenannten Freundinnen
höher steh'n, als die Achtung, die Du vor mir haben
sollst, so halt' Di halt an meine Freundinnen. — Wir Zwa
haben ausg'redt. (Rechts vorn ab.)

Fritz (bleibt einen Augenblick wie festgebannt stehen, dann fährt er sich
mit der Hand über die Stirne und will Luzele nacheilen. Vorne rechts auf=
tretende Jäger verstellen ihm den Weg).

7. Scene.

Fritz, dazu Stöfel, Hauserle und Jäger, später Bürger=
meister.

Stöfel.

No alsbann, da is er ja und wir suchen ihn überall.
Grüß' Di Gott, Fritz.

Fritz (mürrisch).

Grüß' Euch Gott!

Stöfel.

No, was is denn, gehst nit mit af die Pürsch?

Fritz.

Bin heut nit guat aufg'legt und ganz g'sund bin i a nit.

Stöfel (zu den Jägern).

Aha; wahrscheinlich hat ihm heut die Luzele den Laufpaß
'geben. Na ja, zwa Liabhaber in so an klan' Ort, wie
St. Stephan, das geht doch nit. (Zu Fritz.) Also vorwärts, vor=
wärts; lustig und kreuzfidel, wie es sich für an Stephaner
Jager schickt.

Fritz (entschieden).

I hab's schon amol g'sagt, i geh' heut nit mit.

Stöfel.

Na wart'; wir werden Di mit unsern neuen Liad schon
aufmischen. He, Jager, stimm' ma ma's an.

Partitur Nr. 8.

(Jäger singen:)

„A Dirn von Sankt Stephan
Wollt' an Jager zum Mann,
A Bürschel, das denkt sich:
Fangst z' jagern g'schwind an.
Schießt Gamslan und Rehböck'
Und Wildgäns 'lei g'nua;
Doch wie er zu ihr kummt,
Schlagt's die Thür vor ihm zua."
A so, a so, a so a Diandle,
A so, a so a fein's,
A so, a so, a z'nicht's Teufele
Is kan's als wie sein's.

„D'rauf hat's wieder g'haßen
An Fischer möcht's han.
Das Bürschle, das denkt sich:
Jetzt schmierst di doch an. —
Er bringt ihr bald Salbling,
Bald Karpfen mit z' Haus,
Z'letzt will's gar an Doctor.
Na jetzt war's aber aus."
„A so, a so, a so a Diandle ꝛc."

Fritz (nach Schluß des Chores mit lauter Stimme).
Seid's herkummen, um mi anzustänkern, dann sei Euch Gott gnädig. I bin just in der richtigen Stimmung.

Stöfel (spöttisch).
Das glab' i schon, daß ma da nit zum Juchezen aufg'legt is, wann ma d'rauf kummt, daß ma a Diandle liabt, die zwa Liabhaber hat.

Fritz (drohend).
Wen manst Du damit?

Stöfel.
Geh', stell' Di nit narrisch. Du wirst es nit wissen, daß i die Rosenthaler Nachtigall...

Fritz (stürzt wüthend auf Stöfel, den er durch einen geschickten Griff sofort zu Boden streckt).
Elender Schuft! (Erfaßt Stöfel, der einen gellenden Schrei ausstößt, an der Kehle.) Jetzt schimpf' weiter, wann Du kannst.

Jäger (suchen Fritz von Stöfel zu trennen, durcheinander schreiend).
Oho! G'rauft wird nit!

Bürgermeister (der in diesem Augenblicke links rückwärts erscheint).
Auseinander! —
(Die Raufenden lassen von einander ab.)
Stöfel (erhebt sich rasch vom Boden).

Bürgermeister.
Die Stephaner Jager führen sich ja recht brav auf. — Der G'mankotter steht Euch wahrscheinlich schon zu lang leer;

nit wahr? — Was geht da vor? — W'rum wird g'raft? —
(Alle schweigen.)
Fritz (verstohlen zu Stöfel).

Red' jetzt. — Sag's doch dem Burgermaster, was
Du mir über die Luzele g'sagt hast. — Du elender Fallot,
Du feiger! —

Bürgermeister (energisch).

Krieg' i an Antwort, oder nit? — Fritz, red' Du, was
is vorg'fallen?

Fritz (gibt sich lächelnd Mühe, den Streit als harmlos darzustellen).

Wann i die Wahrheit sagen soll: eigentlich nix. — I
bin heut nit b'sonders guat aufg'legt, meine Kameraden haben
mi d'rum a bißel aufzogen. A Wort gibt das andere und —
bums! is Aner dag'legen. — Aber, wie g'sagt, das Ganze is
ja nur a Hetz; nit der Red' werth.

Bürgermeister (blinzelt Fritz mißtrauisch an; dann droht er schalthaft mit dem Finger).

Na, na, na; — es is übrigens Euer Glück, daß i weder
an zersetzten Rock, noch an abgebissenen Finger am Boden
herumliegen sig'.

Jäger (lachen).

Bürgermeister.

Ja, ja; lacht's nur. I lach' ja dösmal selber mit; aber an
andersmal könnt's vielleicht nit so glatt ablafen. Jetzt
schaut's aber, daß Ihr vorwärts kummt's. Für den Nachmittags-
Trieb war' die höchste Zeit. — Stöfel! — Bei Dir laß' i mi
auf an Gamsschlägel vormerken.

Hauserle (beschränkter Junge, der auch etwas stottert).

Da können Herr Bu—bu—burgermaster lang warten.
Wann der Stö—stö—stöfel schießt, da bleiben die Gams ru—
ru—rudelweis steh'n.

Bürgermeister (mitleidsvoll).

Hast Du in Dein' Leben schon amol a Gams g'schossen?

Hauserle (sehr gedehnt).

I? — Na.

Bürgermeister (lachend).
Na alsdann; so mach' Di nit über Andere luftig, Täpp, dummer. — — (Zu den Jägern.) Alsdann vorwärts, vorwärts, marſch!

Die Jäger (gehen unter Hoiho-Rufen und Hüteſchwenken links ſeitwärts ab).

Bürgermeister (zu Fritz).
No und Du gehſt nit mit?

Fritz.
Na, i bin heut a bisl marod.

Bürgermeister (lächelnd).
Das muaßt Du Dir abg'wöhnen. A kranker Jager is mir noch zuwiderer, wie a gepantſchter Wein. Alſo pfiat Gott und ſchau, daß Du den Andern nachkummſt. (Links ab.)

Fritz.
Pfiat Gott, Herr Bürgermeiſter. (Setzt ſich auf die Bank nieder, ſpringt jedoch ſofort wieder auf.) Bei meiner Seel', den heutigen Tag ſoll ſchon der Teufel holen. Was fang' i jetzt an? (Entſchloſſen.) A was. I geh' doch auf die Jagd; der Stöfel muß heut noch durchg'haut werden. —

8. Scene.
Fritz und Luzele, ſpäter Mahm und Michel.

Luzele (aus erſter Couliſſe rechts ſchüchtern vorkommend. Ernſt, jedoch herzlich).
Fritzl! —

Fritz (erſtaunt).
Luzele?

Luzele.
Ja i bin's. — (Milde.) Fritzl! Es laßt mir ka Ruah nit; i muaß mit Dir einig werden. Nit wahr, Du bereuſt es, was Du mir früher g'ſagt haſt?

Fritz.
Du mein Schutzengel, mein herziger! Ja, i ſig's ein,

daß i Dir schweres Unrecht angethan hab'. J bitt' Di a b'rum um Verzeihung.

Luzele (sanft).

Nachdem Du's einsigst, bin i a wieder guat. — Gib mir die Hand und wir bleiben, was wir waren.

Beide (reichen sich die Hände).

Luzele (aufathmend).

Mei Herz is erleichtert. — Jetzt muaß i aber z' Haus, es is die höchste Zeit.

Fritz.

Nur noch an Augenblick bleib', i hätt' noch a klane Frag' an Di.

Luzele.

Aber g'schwind.

Fritz.

Sag' mir, ganz aufrichtig: Hast Du den Doctor Hans gern?

Luzele.

O ja; sogar sehr gern. — Denk', was er für a hoher und nobler Herr is und dennoch is er mit mir so liab und freundlich, als ob er meinesgleichen war'. — Und dann kann i a von ihm sehr viel lernen. Er red't Dir gar so viel g'scheidt über alle möglichen Sachen: über die verschiedenen Thiere af der Welt, dann über die Schwefelsäure und über die Menschenfresser in Australien, oder wie die Ortschaft schon haßt und waß Gott über was Alles noch.

Fritz (erstaunt).

Ah, was Du nit sagst.

Luzele.

Und a Herz hat er, so wach, wie a frische Butter. Da schau amol her, was er mir g'schenkt hat. (Hebt die rechte Hand empor, auf deren Zeigefinger ein glitzernder Ring steckt.)

Fritz (erschrocken).

Was, den theuren Ring hat er Dir 'spendirt? Ja, für was benn?

Luzele.

Das Ringerl is so an Art Gegenspendasche, weil mei Vater für das, daß der Doctor bei uns luschirt und sei Verpflegung hat, nix annehmen will.

Fritz (betrübt).

Mein Gott! Solche Sachen kann Dir Unseraner freilich nit kafen. Und d'rum hast mi halt a nit so gern wie den Doctor, gelt?

Partitur Nr. 9.

(Das Orchester intonirt in diesem Augenblicke sehr leise das Volkslied „I hab' Dir in b' Aeugerln g'schaut.)

Luzele (sehr herzlich).

Fritzl! — — — (Einige Augenblicke blickt Luzele Fritzen stumm in's Auge.)

Fritz (aufjubelnd).

Der Blick! — — — Luzele, Du machst mi zum glücklichsten Menschen auf der Welt. — Und jetzt, jetzt will i a nimmer mehr eifersüchtig sein, denn dei Blick, so rein und klar wie die Frühlingssonn', sagt mir's ja, daß Du nur mi allan gern hast. — Und jetzt getrau' i mi a, an Di a recht schöne Bitt' zu stellen, für die i bis zur Stund' noch nie die Kurasch hab' finden können. — Luzele! — Schau, der Augenblick is so schön, so heilig that' i beinah' sagen, — (herzlich — doch zögernd) — geh' schau — was war's denn g'fahlt, — wann Du mir jetzt — das erste Bußel geben möchtest.

Luzele (sanft abwehrend).

Das därf aber wohl nit sein; der Vater hat mir's streng verboten, an jungen, saubern Burschen a Bußel zu geben. —

Fritz.

Der Vater sigt's ja nit.

Luzele.

Aber i kunnt' ihm nit mehr in die Augen schau'n.

Fritz.

Und w'rum denn nit. Is es was Schlechtes, was Unrechtes, wenn Zwa sich küssen, die sich so recht vom Herzen gern haben? — Luzele, schau amol die Turteltäuberln an, die geben uns so a schön's Beispiel, und wer hat ihnen das herzige Schnaberln g'lernt? — Unser Herrgott selber. — Schau, Luzele, i hab' Di so gern, wie der Himmel seine Stern', wie der Bam seine Aest', g'rad so liab' i Di fest." —

Luzele.

Und manst Du, daß i ka Sünd' nit begeh'?

Fritz.

G'wiß nit.

Luzele (läßt sich von Fritz sanft zu sich heranziehen und küssen. — Diese Scene muß sehr stimmungsvoll und warm gespielt werden).

Michel (ist unbemerkt von Fritz und Luzele mit der Mahm plaudernd bei der ersten Coulisse rechts aufgetreten).

Schad', daß wir den Burgermaster nicht z' Haus getroffen haben. Macht aber nix; morgen is ja a a Tag. — (Erblickt Luzele und Fritz, die sich noch immer umschlungen halten). Pst, pst! — Bergler-Mahm, da schau hin. — (Höhnisch.) Wie nennt ma denn so a Dirn, die sich alle Stund' von an Andern abbußeln laßt? —

Mahm (empört).

So a Dirn nennt man a .... (Markirt, als ob sie das entsprechende Wort dem Michel still in's Ohr sagen will.)

Michel (nicht höhnisch zustimmend). Vorhang fällt. (Der Dialog muß so gesprochen werden, daß sein Ende so ziemlich mit dem der Orchestermusik zusammenfällt.)

Actus.

2

Entr'acte (Partitur Nr. 10).

Dritter Akt.

(Dekoration wie im 1. Akte; jedoch ohne Festschmuck. Unter der Linde eine Bank).

1. Scene.

Mahm, dazu Stöfel.

Mahm (trippelt ungeduldig hin und her).

Daß der vermaledeite Michel nie Wort halten kann. Es is schon längst Punkt Sechs vorbei und er is noch immer nicht da.

Stöfel (tritt aus dem Hause, für sich).

Ah, die Bergler=Mahm. Die woll' ma jetzt a bisserl foppen. (Zur Mahm.) Grüaß Gott, Bergler=Mahm! Is Euch denn gar so kalt, weil Ihr so umanander zappelts? —

Mahm.

Jessas, der Stöfel. — Welcher Wind hat denn Di daher g'waht?

Stöfel.

I hab' dem Burgermaster an Hirsch gebracht, den i gestern g'schossen hab'; an Achtzehnender.

Mahm.

Was, an Achtzehnender! Saperlot, das muaß aber schon a mordsgroßes Viech sein.

Stöfel.

Wie an Ochs so groß.

Mahm.

A Spektakel! Wie i den Burgermaſter kenn', wird er mir von dem Achtzehnender, den Du g'ſchoſſen haſt, ſicher a an Haſenlauf ſchicken.

Stöfel (für ſich).

O verflucht; dösmal bin i der G'foppte.

Mahm.

Uebrigens reb' ma von was Andern. — Sag' mir, wie is denn der Burgermaſter heut aufg'legt, guat oder ſchlecht?

Stöfel.

Der is gar nit z' Haus.

Mahm (für ſich).

Daß ma den Menſchen nie haben kann, wann ma ihn braucht.

Stöfel.

Er ſoll jeden Augenblick ham kummen, hat die Luzele g'ſagt.

Mahm.

Wann Du den Schreiber=Michel begegnen ſollſt, ſo ſag' ihm, i brauch ihn ſchon wie an Biſſen Brot.

Stöfel (erblickt Michel, der ſoeben links vorne auftritt).

Könnt's Euch gleich aneſſen, da is ſchon Euer Biſſen Brot (Rechts hinter das Haus ab.)

2. Scene.

Mahm, dazu Michel, ſpäter Bürgermeiſter.

Michel (athemlos).

Sei nit harb, daß i Di ſo lang' hab' warten laſſen; aber unterwegs ſein mir wieder a paar ſaub're Stückerln von der Luzele erzählt worden. I kenn' mi nit mehr aus: hat der Burgermaſter wirklich an Schleier über ſeine Augen, oder will er nix ſehen. — Paß' auf, Bergler=Mahm, der brave Mann kummt durch ſei Tochter ſelber noch in a ſchlecht's G'red'. Schon ſeit aner Wochen will i mit ihm d'rüber a g'ſcheidt's Wort reden, aber es hat mir nie ſo recht gepaßt;

endlich muaß es ja doch g'schehen. Es kann, es därf nit sein, daß er ....

Mahm (einfallend).

Pst, pst! — Dort kummt er.

Bürgermeister (erscheint a tempo rückwärts rechts, in der rechten Hand einen Knotenstock tragend).

Sagt's mir nur, Leuteln, seib's denn gar so verliabt in anander, daß Ihr immer und immer beisammen steckt! — (Lacht.) Ah, ja, die Bergler = Mahm, die kann An' ordentlich warm machen, das hab' i schon vor vierzig Jahren g'jagt.

Mahm (pikirt).

Du hast's nothwendig, daß Du Di über mi lustig machst.

Bürgermeister.

Bergler=Mahm, Du bist unbändig g'spaßig, wann Du Di giften thust. Hahahaha!

Mahm.

Möcht'st schon aufhören z' lachen, wann i reden wollt', was die Leut' reden, — just nit über Di; aber über Dei Tochter.

Bürgermeister (heftig auffahrend).

Jetzt hört der Spaß auf. — Was wird über mei Tochter g'red't?

Michel.

No, die Leut' sagen halt ....

Bürgermeister (einfallend).

Hab' i Di g'fragt?

Mahm (zum Bürgermeister).

Mit Dir kann ma ja ka g'scheibt's Wort reden, Du fahrst An ja glei an, wie a Wilder.

Bürgermeister.

Mach' nur kane Umständ'. J will wissen, was über mei Tochter g'red't wird.

Mahm.

Wann die Leut' nur blos über das reden möchten, was i mit meine eigenen, guaten Augen g'sehen hab', so is das schon viel zu viel für die Tochter von Burgermaster von St. Stephan.

Bürgermeister.

Raz' mi nit, Bergler-Mahm; i sag' Dir's. I bin nit blos der Vater meiner Tochter, sondern a die erste Gerichts= person in der Gemeinde. Das merk' Dir. — Alsdann heraus mit der Farb': was hast Du mit Deine eigenen Augen g'sehen?

Mahm.

No waßt, grob därfst Du mit mir nit sein, sonst geh' i meinen Weg.

Bürgermeister (mit erhobener Stimme drohend).

I frag' Di zum letzten Mal: willst Du mir Antwort geben oder nit? (Pause.)

Michel (der bis jetzt links vom Bürgermeister gestanden geht hinter diesem zur rechts stehenden Mahm, ihr in's Ohr raunend).

Erzähl' ihm zuerst von der Abbußlerei mit'n Fritz, denn wenn Du mit Dein Hansel anfangst, is der Burgermaster im Stand und haut ihn.

Mahm (zum Bürgermeister).

Also guat, i will Dir erzählen, was i g'seh'n hab'. Es is immer besser, Du waßt es, als Du waßt es nit, weil Du vielleicht doch noch zur rechten Zeit an Riegel vorschieben kannst. I will Dir's ganz kurz erzählen, weil i nit g'wöhnt bin, viel hin und her zu reden.

Bürgermeister (für sich).

Das Frauenzimmer kann An' rein narrisch machen.

Mahm.

I — hab' — g'segen — wie — der Fritz und — die Luzele — sich — abgebußelt haben.

Bürgermeister (wüthend).

Bergler-Mahm, wann jetzt anstatt Dir a Mann da steh'n möcht', der mir dö niederträchtige Lug' in's G'ficht sagt, bei meiner Seel', i möcht' mi an ihm vergreifen! — (Läßt seinen knotigen Stock durch die Luft sausen.) Aber was fang' i mit so aner alten Haubitzen an, wie Du bist.

Mahm (kreischend).

Na, so schlag' mi halt dafür, daß i Dir an Fingerzeig gib, damit Du Dei' Dirn noch rechtzeitig auf gleich bringen kannst. — Da frag' den Schreiber-Michel, der hat's ja a g'sehen.

Michel (ängstlich für sich).

Uje! Uje! — Jetzt geht's über mi los. — Jetzt, Michel, wuzzel' Di heraus, sonst wirst Du g'haut; denn daß heut noch Aner g'haut wird, das is so sicher, wie Amen im Gebet. — (Zum Bürgermeister.) Wißt's, Herr Burgermaster: schwören kann i just nit d'rauf, daß es g'rad' der Fritz war ....

Mahm (einfallend zu Michel).

Willst Du mi Lugen strafen? —

Michel.

Halt's Maul, wann i red'. — Also, wie g'sagt: schwören kann i nit d'rauf. Es war a nebliger Tag und ma hat das Mannsbild nit genau ausnehmen können. Da wir aber kurz vorher die Luzele mit'n Fritz haben reden g'sehen — ganz in der Nahend bei uns — so haben wir halt g'mant, es wird schon der Fritz g'wesen sein.

Bürgermeister (ungeduldig).

Weiter, weiter.

Michel (erstaunt).

Weiter? — — Na, abgebußelt haben sie sich halt. (Rasch weiter sprechend.) Aber, wie g'sagt, schwören kann i nit d'rauf, daß es just der Fritz war — (zögernd) es kann ja möglicher= weis' a der — Herr Doctor Hans g'wesen sein, der a durt herum spaziert is.

Bürgermeister (aufathmend, für sich).

Gottlob, daß die Sach' so steht. (Zu Beiden.) Nit: der kann's möglicherweis g'wesen sein — der is es g'wesen. — Und jetzt will i Euch Beiden noch was sagen, und damit könnt'ß Ihr a den übrigen Tratschweibern die Mäuler stopfen, wann wieder amol von meiner Tochter die Red' sein sollt'. — Das Kind, die Luzele, gibt mit mein Wissen dem Doctor Hans hin und wieder an unschuldig's Bußel; mit mein' Wissen tragt sie an Ring von ihm und mit mein' Wissen erfreut sie ihn täglich mit an frischen Rosensträußl. — W'rum i das thua, darüber hab' i Niamand Red' und Antwort zu steh'n; am allerwenigsten aber Euch Beiden; — verstanden?

Michel (ist vor Erstaunen sprachlos; mit aufgerissenen Augen und Mund steht er wie versteinert da).

Mahm (keifend).

Zum Sakra! — Bin i denn schon der Niamand von St. Stephan! — Wann i mit mein' Hansel über die Sach' reden will, sagt er — (imitirt Dr. Hans' Stimme) „Ich bitte Dich, liebe Mahm, laß das meine Sache sein." — Und will i mit Dir darüber a g'scheidt's Wort reden, haßt's — (imitirt den Bürgermeister) „Darüber hab' i Niamand Red' und Antwort zu steh'n, am allerwenigsten aber Euch Beiden." — Es schaut ja rein so aus, als ob i wirklich schon der Niamand von St. Stephan war'.

Bürgermeister (der seinen Humor wieder gewonnen).

Der Niamand bist Du a nit; Du bist schon Wer.

Mahm (stolz).

Das man' i wohl a.

Bürgermeister.

Du bist nämlich die erste Tratschmierl von St. Stephan.

Mahm (wüthend).

Jetzt hab' i aber g'nua, Du Grobian, Du impertinenter. Von heut an kannst Du Dir Deine zottigen Hundsviecher selber scheren und waschen und Deine alten Jagdstiefel selber mit'n theuren Schweinfett einschmieren. — Kumm' mir nur amol, i soll bei Euch beim Brotbacken und Feiertag=Kochen

aushelfen; mit'n Besenstiel werd' i Di zum Teufel jagen. —
— J — a Tratschmierl. — A so a Niederträchtigkeit! —
(Geht sehr rasch links rückwärts ab.)

Bürgermeister (ruft der Mahm nach).
Für nächsten Freitag lad' i Di auf guate Kasnudel und
an ausgezeichneten Holzbirnmoft ein. (Blickt der Mahm eine Zeit
lang nach; hierauf zu Michel gewendet.) Haft Du mir noch was zu
sagen?

Michel.
J? — Na.

Bürgermeister.
Dann kannst der Bergler-Mahm nacheilen und kannst mi
entschuldigen, daß i vergessen hab', ihr „pfiat Gott" zu sagen.

Michel.
Das haßt mit andern Worten: i soll schau'n, daß i weiter
kumm'.

Bürgermeister.
Wie Du's nehmen willst.

Michel.
J empfehl' mi. (Links rückwärts ab.)

Bürgermeister.
J, a. (Setzt sich auf die Bank.) Solche Tratschereien gingeten
mir noch ab. — Die Zwa werden sich wohl hüaten, mir noch
amol mit solche Sachen z' kummen. — J soll dem harm-
losen, g'setzten Doctor, dem ernsten Menschen, verbieten, mit
an Kind von 17 Jahren herzlich und g'müthlich zu ver-
kehren, blos weil 's den alten Dorfjungfern nit paßt! —
Fallt mir gar nit ein. (Pause, während welcher er sich erhebt.)
Wohin hab' i denn nur mei Tabackpfeifen g'steckt? — (Sucht
in den Taschen.) Werd' sie wahrscheinlich wieder am Tisch liegen
g'lassen haben. — Geärgert hätt' i mi heut schon g'nua, desto
besser wird mir jetzt a Friedenspfeifen schmecken. (Ab in's Haus.)

3. Scene.

Hans, dazu Luzele, später Bürgermeister.

Hans (mit einem Buche in der Hand, von links rückwärts kommend. Ernst und nachdenkend).

Nur noch drei Tage! und ich muß scheiden von der Waldfrieden=Idylle, die mir so tief in's Herz gewachsen ist. — Ob sie mir zum Heile sein wird? — — (Setzt sich auf die Bank.) Mein Freund Constantin hat Recht, wenn er behauptet: nur ein Weib könne mein verdüstertes Gemüth wieder erhellen. Ich fühle es in der kurzen Zeit meines Hierseins. — Frohsinn und Lebenslust sind wieder bei mir eingezogen. Ich kann wieder scherzen und lachen und habe mein kindliches Vergnügen an Dingen, denen ich vordem mit Gleichgültigkeit, wenn nicht gar mit Abneigung begegnete. — Handle ich daher unvernünftig, wenn ich das Wesen, dem **allein** ich diese Neubelebung verdanke, dauernd an mich kette? — Gibt mir nicht die Natur selbst den Fingerzeig? Neigt sich nicht die Pflanze nach der Seite, woher sie Licht und Wärme empfängt? — (Pause.) Warum aber empfinde ich anderseits das Bedürfniß, mir alles dies fortwährend vor Augen zu halten? — Will ich damit den Schritt, den ich gethan, entschuldigen und beschönigen? — Man sagt: „Abwesenheit verklärt." Mich beunruhigt sie; mich macht sie zum Grübler und Zweifler. Ich kann nicht mehr sein, ohne die kleine Waldzauberin um mich zu wissen. Also ein Sporn mehr, mich dauernd mit ihr zu verbinden.

Luzele (tritt gesenkten Hauptes aus dem Hause).

Hans (entschlossen).

Wie ich auch denken und grübeln mag, immer wieder komme ich zu demselben Resultate, daß nicht der geringste Grund vorliegt, den gethanen Schritt zu bereuen. — (Erblickt Luzele.) Dort kommt sie. — (Geht Luzele entgegen.) Gott grüß' Dich, mein süßer Schatz. — Doch warum so traurig?

Luzele.

Traurig bin i just nit; aber i hab' halt so a schreckliche Angst, daß der Vater durch an Zufall draufkummt. — I bitt' Di, Du mei liaber guater Hans: Sag' es ihm liaber früher, was Du mit mir vorhast; sag' es ihm heut' noch; i hab' ka ruhige Minuten mehr. Schau, Du manst es ja doch so ehrlich mit mir, w'rum scheust Du Di, den Vater in Alles einzuweihen? (Betrübt.) Wer waß, ob es ihm a ganz recht sein wird, daß i Dir mei Ja=Wort 'geben hab', ohne ihn früher g'fragt zu haben.

Hans.

Ich hatte die Absicht, mit Deinem Vater über unsere Angelegenheit am Tage meiner Abreise zu sprechen; wenn Du jedoch darauf bestehst, was ich nicht recht einsehen kann, so soll es heute noch geschehen. (Kneipt Luzele in die Wange.) Willst Du nun wieder heiter sein?

Luzele.

Ja, jetzt bin i schon wieder lustig, es is mir a Stan vom Herzen g'fallen, so groß wie a Kürbis.

Hans.

Gottlob. — Wenn Du mir nun eine Freude machen willst, so singe mir mein Lieblingsliedchen vor; ich meine das mit dem kecken Jodler.

Luzele.

Guat, aber dann mußt Du mir a a Freud' machen.

Hans.

Herzlich gerne, mein süßer Engel, wenn es in meiner Macht liegt.

Partitur Nr. 11.

(Luzele singt.)

„Büaberl, Dei Dirn is da,
Möcht' mit Dir plauschen gern,
Doch that sie bitten schön,
's därfet's ka Mensch nit hör'n.
's geht a gar Niamb was an,
Wenn ma sich bußeln thuat,
D' Liab will zu Zwa nur sein,
Dann schmeckt's erst guat."
Jodler.

's Bußeln is gar so süaß,
's Bußeln is gar so guat;
Kunnt' rein noch narrisch wer'n,
Wia's da b'rin wurl'n thuat.
Wann Gott das Bußlangeb'n
Niamals erschaffen hätt',
Das war' a traurig's Leb'n;
Mir g'fallet's net."
Jodler.

Hans.

Reizend! Reizend! — Auf diese Einladung muß ich Dich recht herzhaft küssen. (Will Luzele küssen.)

Luzele (abwehrend).

Nur nit so hitzig; zuerst muaßt Du mir a a Freud' machen.

Hans (herzlich).

Und die wäre?

Luzele.

Du sollst mit mir wieder über Das plauschen, worüber wir gestern geplauscht haben.

Hans.

Mit Vergnügen; aber wo sind wir denn nur stehen geblieben?

Luzele (rasch).

Bei die Klader.

Hans.

Ja richtig, bei den Kleidern. — Also Du wünschest Dir ein lichtblaues Schleppkleid?

Luzele.

Ja. Der Schlepp muaß so lang sein. (Streckt die Arme aus.) I werd' das Klad schon brav schonen und nur Feiertags anziehen und dann am St. Stephaner Kirchtag, wann wir auf's Jahr auf B'suach herkummen. — Waßt, Hans, i bin nit boshaft; aber freuen möcht's mi doch, wann sich meine falschen

Freundinnen, die mir schon taglang aus lauter Neid ausweichen, recht giften thaten.

Hans.
O Du kleine Schäkerin. — Also gehen wir weiter. Was ist Dein nächster Wunsch?

Luzele.
Etwas möcht' i wohl noch gern haben, aber i trau' mi nit, Di b'rum zu bitten. — Waßt, solche Sachen sein sehr theuer.

Hans.
Bis jetzt war Alles so bescheiden, daß Du Dir auch etwas Werthvolleres wünschen kannst.

Luzele.
Aber Du bist nit harb?

Hans.
Dir gegenüber könnt' ich es nie sein.

Luzele.
Also paß' auf. Im Fruhjahr hat die junge Frau vom herrschaftlichen Gutsverwalter zu uns nach St. Stephan a Landpartie g'macht und die hat a rosenrothes Hüterl mit schneeweiße Straußfedern auf'n Kopf g'habt. — J sag' Dir, Hans: das war schon a Pracht! — Wir Stephaner Madeln habe alle nur so g'schaut. (Schüchtern.) Und genau so a Hüterl' möcht' i halt a gern haben.

Hans (lächelnd).
Ich will Dich seinerzeit in ein Modemagazin führen und dort kannst Du Dir den Hut kaufen, der Dir am besten gefällt. — Nun und wie steht's mit den Vergnügungen?

Luzele (gleichgiltig).
No, da liegt mir just nit viel d'ran. Aber in's Theater möcht' i doch a paarmal geh'n. J hab' schon so viel erzählen g'hört: von „Die beiden Grasel", von der „Heiligen Genoveva" und dann vom „Bayrischen Hiesel", daß i Di wohl bitten möcht', daß wir uns die Stuck' anschauen. (Streichelt Hans' Backen.)

Bürgermeister (tritt unbemerkt aus dem Hause, schleicht behutsam hinter das Paar und belauscht es).

Hans.
Hahaha! Luzele, Du bist ein Göttermädel! (Für sich.) Aus diesem Stein kann ich meiseln, was ich will.

Luzele.
Und nach dem Theater, dann geh'n wir schön z' Haus.

Bürgermeister (betroffen für sich).
Was hör' i da? — Die spricht vom Theatergeh'n?

Luzele.
Dann werden wir guat papperln mitanander. Alle Deine Leibspeisen will ich Dir kochen; jeden Tag an andere.

Bürgermeister (für sich).
Das wird ja immer toller; sie sagt Du zu ihm. — Schau, schau.

Luzele.
Dann werd' i Dir, bevor wir schlafen geh'n, noch a luftig's Liabl vorsingen oder Du erzählst mir a schöne G'schicht'.

Bürgermeister (legt seine Hand auf Hans' Schulter. Mit kräftiger Stimme).
Aber zuerst werd' ich Euch was erzählen! Luzele! (Deutet mit der Hand, daß sie sich sofort in's Haus zu entfernen habe.)

Luzele (preßt die Hände vor's Gesicht und enteilt jammernd in's Haus).
Mein Gott! — Mein Gott! Was wird jetzt g'scheh'n.

Bürgermeister (zu Hans).
Du bleibst. — Mit Dir hab' i zu reden. (Blickt Hans einige Augenblicke stumm in's Auge.)

4. Scene.
Hans und Bürgermeister.

Bürgermeister (mit bebender Stimme).
Hans! Is das der Dank für die freundliche Aufnahm', die

Du in mein' Haus g'funden haſt? — Ehenter hätt' i 'glabt, daß der Mond vom Himmel fallt, als daß Du —

Hans (einfallend).

Verzeiht, Herr Bürgermeiſter, daß ich Euch unterbreche. Ich weiß auf die Silbe, was Ihr mir ſagen wollt. Regt Euch nicht unnütz auf und laßt mir das erſte Wort. — Was Ihr ſoeben gehört habt, hätte für Euch wahrſcheinlich einen anderen Klang, wenn Ihr es erſt morgen gehört haben würdet; denn heute noch wollte ich Euch das Geſtändniß machen — (mit Wärme) daß ich Eure Tochter Luzele liebe und daß ich ſie zu meiner Frau machen will.

Bürgermeiſter (beſtürzt).

Um Gotteswillen! Hans! Hans! Wie is Dir denn? Biſt wohl nit recht beinander. Oder? — — Ja, ja, das is nix weiter, als ſo an Art verzweifelte Ausred', weil i Euch erwiſcht hab'.

Hans.

Für's Erſte bin ich vollkommen Herr meiner Sinne und für's Zweite bin ich nicht der Mann, der, in welcher Situation er immer ſein mag, zu einer Nothlüge greifen würde. — Ich wiederhole daher nochmals, daß i die feſte Abſicht habe, Eure Tochter —

Bürgermeiſter (einfallend).

Aber bedenk' doch...

Hans (raſch).

Ich habe ſchon bedacht und zwar mit der Gründlichkeit eines Mannes von meiner Stellung und meinem Alter. — Luzele muß die Meine werden.

Bürgermeiſter (ruhiger).

Die G'ſchicht' is ſo ſpaßig, daß i am liabſten d'rüber lachen möcht', wenn die Luzele nit mei Tochter war' und wenn i Di nit ſo gern hätt'. — A Mann von Deiner Stellung und Dein' Anſehen, der nur ſo — (ſtreckt die flache Hand aus) zu machen braucht und es zappelt an jedem Finger a Goldfiſcherl; der nur „ja" zu ſagen braucht und er kann die

sauberſten und reichſten Madeln aus den beſten Stadtfamilien heiraten; der will ſich und mir einreden, daß er allen Denen a anfach's Bauerndiandl vorzieht, die nit amol a Vermögen hat — denn mei ganze Gramuri is kane 8000 fl. werth.
— Na, na, liaber Hanſel, eher glab' i, daß unſer Herr Pfarrer evangeliſch wird und ſei Köchin heiratet, als daß i jemals auf die Hochzeit von Dir und der Luzele kummen werd'.
— Daß Du in's Diandle möglicherweis verſchoſſen biſt, ah, das will i am End' ſchon zuageben — denn ſauber is mei Tochter, das muaß ihr der Neid laſſen; aber zwiſchen verliabt ſein und heiraten is noch Was dazwiſchen und das haßt: die Vernunft. — I will's a zuageben, i bin's ſogar über= zeugt, daß Du der Ehrenmann biſt, der ſein Wort einlöſt, wann er an Madl das Heiraten verſprochen hat; — aber deswegen war's doch an Unſinn, wenn i Dir mei' Tochter gabet — oh, was ſag' i, Unſinn! an Unglück war's. — —
Na, na, liaber Hanſel, ſo gern i Di hab', zu ſo an' Schwaben= ſtückel gib' i mei' Zuaſtimmung doch nit.

Hans.

Nun geſtattet auch mir ein paar Worte. — Von Eurem Standpunkte aus möget Ihr ja Recht haben. — Aber Ihr müßt mir auch zugeben, daß ich als gereifter Mann, der in der Schule des Lebens aufgewachſen iſt, der Land und Leute gründlich kennen gelernt hat, der darum jedenfalls richtigere Lebensanſchauungen und Menſchenkenntniß beſitzt, als Jemand, deſſen Geſichtskreis in Folge ſener eintönigen Lebensweiſe nur ein beſchränkter ſein kann, — daß ich alſo doch zu be= urtheilen im Stande ſein werde, was mir frommt und was mir nicht frommt. — Ihr habt geſagt, ich könnte mir eine Frau aus der beſten Familie holen. Zugegeben, ich darf wählen zwiſchen der Tochter eines hochnaſigen Hofrathes und der eines protzigen Hausherrn; wißt Ihr, was ich da mit in den Kauf nehmen müßte? — Modethorheiten, geſellſchaft= liche Rückſichten und Nachſichten, verſchrobene Erziehung, Prä= tenſionen und weiß der Teufel, was Alles noch. — Soll ich Euch Beiſpiele nennen von dem zweifelhaften Glücke ſoge= nannter Geſellſchafts=Ehen? Glaubt Ihr, daß mir, einem denkenden Manne, eine Friſt von einem Monat nicht genügt, um ein Mädchen, mit dem ich täglich stundenlang verkehre, gründlich kennen zu lernen? Und glaubt Ihr, daß ich diesem Mädchen Herz und Hand angeboten hätte, wenn ich nicht darüber im Klaren wäre, daß diese Wahl sicher eine sehr glückliche ist? — Luzele ist ein Stück edlen Gesteines, aus dem ein geschickter Künstler meiseln kann, was er will. Zudem steht Luzele an intellektueller Begabung hoch über der eines gewöhnlichen Landmädchens. In kürzester Zeit hat sie unter meiner Anleitung das nachgeholt, was ich für meine Frau als nothwendig erachte. — „Und die Gesellschaft?" werdet Ihr fragen. — Brauche ich sie? — braucht sie mich? Das Laboratorium und der Hörsaal für Chemie sind meine Gesellschaftszimmer und außer diesen kenne ich nur noch mein Familienzimmer. — Ich biete meiner Frau eine geachtete sorgenfreie Existenz, dafür beanspruche ich nichts als Anhänglichkeit und Wahrheit. Und beides — anhänglich und wahr — wird Luzele sein, dafür bürgen ihre Anlagen und ihre Erziehung.

Bürgermeister (kratzt sich hinter dem Ohre).

Ja, ja, es mag schon so sein, wie Du sagst; i kann Dir nit guat widersprechen, g'rad so wenig als Unseraner an Advokaten widersprechen kann und wann der tausendmal Unrecht hat. Aber als simpler Bauer will i Dir nur das Ane an's Herz legen: „Nimm' Du dem Vergißmeinnit sei Bacherl und nimm' Du dem Edelweiß sein' Felsen und das Vergißmeinnit wird verkümmern und das Edelweiß werd verderben.

Hans.

Der Vergleich klingt allerdings sehr hübsch und poetisch, aber er hinkt. — Daß das Blümlein, welches in St. Stephan das Licht der Welt erblickt hat, weder verkümmern noch verderben wird, dafür bürgt der Gärtner, der die Natur dieses Blümleins genau studirt hat und der es zu behandeln und zu pflegen verstehen wird.

Bürgermeister.

Daß i mit an g'studirten Menschen nit aufkummen kann, das hab' i schon g'sagt. I will a nit lang herumreden. — Mei Manung hast Du g'hört; willst Du sie nit beherzigen dann is es nit mei Schuld. (Macht ein pfiffiges Gesicht, als ob ihm plötzlich etwas eingefallen wäre.) Hör' jetzt mein letztes Wort. (Entschieden.) Guat; i gib' Dir mei' Tochter...

Hans (hocherfreut einfallend).
Mein guter, mein bester....

Bürgermeister.
Laß' mi zuerst ausreden. J gib' Dir mei' Tochter unter der Bedingniß, daß Du mit Niamanden, verstehst Du — mit Niamanden a nur a Silben über die Sach' sprichst, bis zur Zeit, wo es wegen der Papiere, die Du zum Heiraten brauchst, nothwendig is. J will durchaus nit, daß ma in St. Stephan vorher schon d'rüber red't, i hab' meine guaten Gründ' dafür.

Hans.
Mein guter, mein edler, väterlicher Freund! Ihr macht mich durch Euer Ja-Wort zum glücklichsten Menschen! (Umarmt den Bürgermeister, der das ungern geschehen läßt.) Ich will bezüglich der Verschwiegenheit Euren Wunsch recht gerne erfüllen. Ja noch mehr; — damit Ihr in jeder Hinsicht beruhigt sein könnt, will ich St. Stephan heute noch verlassen. Ihr könnt sagen, wenn man nach der Ursache frägt: ich sei dienstlich abberufen worden. — Ich gewinne dadurch andererseits auch Zeit, Alles zum Empfange meiner Frau vorzubereiten. Und noch bevor der Mond zum dritten Male voll geworden, nehme ich mir einen kurzen Urlaub und eile nach St. Stephan, um aus Euren Händen das Glück meiner Zukunft zu empfangen.

Bürgermeister.
Daß Du heut' noch abrasen willst, is mir sogar ganz recht, obwohl i Di unter andern Umständen noch recht lang' bei mir haben möcht'! (Beide gehen gegen das Hausthor.) Waßt, Hansel, es is nur wegen die Leut. Du, i, und mei' Tochter, wir Drei und sonst braucht und därf a Niamand was wissen von der Sach'. — Am allerwenigsten aber Dei' Tant', die Bergler-Mahm. Das erste Opfer, das Du Deiner Braut bringen muaßt, is, daß Du auf das Abschieds-Bußel von der Bergler-Mahm verzichtest.

Hans.

Gut. Dafür soll sie, wenn ich wiederkehre, reichlich entschädigt werden. (Ab in's Haus.)

Bürgermeister (nachrufend).

Also: pfiat Gott derweil. I kumm' glei nach; hab' nur noch vorher etwas zu besorgen; Du kannst derweil einpacken.

5. Scene.

Bürgermeister, dazu Luzele.

Bürgermeister.

Daß i in meine alten Tag' noch so a dummes Stückl mach' und selber das Feuer zum Stroh steck', das hätt' i mir a nie tramen lassen. — Ordentlich bitten hab' i die Luzele müassen, daß sie dem Doctor alle Morgen a frisches Bouquetl in's Knopfloch steckt und daß sie ihm hie und da a Bußl aufe pappt. — No, jetzt hab' i's. — I därf meiner Tochter nit amol viel Vorwürf' machen, die is im Stand' und gibt mir zur Antwort: „Ihr habt es ja selber so wollen." Ach was! Sie sein ja noch nit verheiratet. I bin nur neugierig, ob sie in ihn a so verliabt is, wie er in sie. — Dann war's freilich g'fahlt. Die Zwa passen g'rad' so wenig z'samm wie zum Exempel i und a Hofrathswittiw: Das G'lachter von die Leut', wann sich so an alte Hofräthin in mi verliaben that' und wir gingeten mit'nander in St. Stephan spaziren: sie in an' seidenen Schleppklad und i mit Kniehosen und Lodenjanker. — No ja, viel anders schaut die G'schicht' mit'n Doctor und der Luzele a nit aus. — Fix Sapralot! Mir laßt's ka Ruah' mehr; i will doch meiner Tochter a bißerl auf'n Zahn fühlen, wie weit ihre Liab' zum Hansel geht. (Ruft gegen das Haus.) — Luzele, kumm auf an Augenblick zu mir heraus.

Luzele (tritt scheu und gesenkten Hauptes aus dem Hause).

Vater!

Bürgermeister (mit erkünsteltem Ernste).

No, was is denn das, kannst Du mir nit in's Aug' schau'n.

Luzele (faltet die Hände).

J bitt' Euch, Vater, seids nit so hart mit mir.

Bürgermeister (gutmüthig).

Das thu' i ja eh' nit; in Gegentheil: i will Dir nur sagen, daß i soeben dem Doctor Hansel mei Einwilligung zu Eurer Hochzeit 'geben hab'. —

Luzele (ohne Gemüthserregung).

J dank' Euch recht schön, liaber Vater.

Bürgermeister (für sich).

Ah, da schau' ma amol die Gleichgültigkeit an. (Zu Luzele.) Na so hupf' doch.

Luzele (erstaunt).

W'rum soll i denn hupfen?

Bürgermeister (für sich).

Sie hupft nit? — Die is nit verliabt. (Zu Luzele zärtlich.) Kumm her und gib mir jetzt a Bußl zum Dank.

Luzele (gibt dem Bürgermeister einen herzhaften Kuß).

Bürgermeister (für sich).

Zum Bußeln hat er sie aber ordentlich abg'richtet. (Zu Luzele.) No, no, is schon g'nua. (Pause.) Sag' mir jetzt aufrichtig: Hast Du den Hansel sehr gern?

Luzele (kindlich verschämt).

J waß nit; kann schon sein.

Bürgermeister.

„J waß nit, kann schon sein," haßt gar nix. Entweder: ja, oder na.

Luzele (zögernd).

Ja.

Bürgermeister.

Na alsdann; das hab' i wissen wollen. (Für sich.) Jetzt kummt das Beichthören (Zu Luzele schlau.) Sapralot; i stell' mir's schon vor, wie schön Du ausschauen werst, wann Du so als

„gnädige Frau" mit an seidenen Schlepp über die Gassen geh'n werst, und wann Dir die Leut' so nachschau'n und Di beneiden werden. Ah! —

     Luzele (hüpft vor Freuden).

Ach Vater! Da werd' i schön sein. A rosafarbenes Hüatl mit aner schneeweißen Straußfeder, das krieg i a.

     Bürgermeister (scheinbar erstaunt).

Was Du nit sagst.

     Luzele (klatscht in die Hände).

Wann i als noblige Frau auf's Jahr nach St. Stephan auf B'such kummen werd', Herrjemine! Da werden sich meine Freundinnen a bißel giften.

     Bürgermeister.

No und ob sich die giften werden, i freu' mi schon selber d'rauf.

     Luzele (markirt den Gang einer vornehmen Dame).

So werd' i daher kummen.

     Bürgermeister.

Ja, ja; jetzt sig' i erst, daß Du zu aner gnädigen Stadt-Dam' wie geboren bist. (Für sich.) Hab' mir's glei gedenkt, ob sich nit gar der Eitelkeitsteufel dem Diandl auf's G'nick g'setzt hat. Und richtig is es so. (Zu Luzele.) Jetzt hab' i Dir aber noch was recht Trauriges zu vermelden: denk' Dir, Dei' Bräutigam muaß **heut'** noch abrasen, er is dienstlich abberufen worden.

     Luzele (ziemlich gleichgiltig).

So, heut' schon; das is aber recht dumm und balket. — Ah was, macht nix; in a paar Monat' kummt er ja eh' wieder z'ruck; vielleicht bringt er mir schon was Schönes mit.

     Bürgermeister.

A freilich. — Jetzt noch an ernstes Wort. — An's sag' i Dir: Du därfst zu Niamand a Silben verlauten lassen, daß Di der Doctor Hansel heiraten will: so lang', bis i's Dir er=

laub'. Sunst nimm' i mei Ja=Wort z'ruck und Du hast ka Schleppklad und ka rosaseidenes Hüatl und — kan Bräutigam a nit. (Für sich.) Auf den hätt' i bald vergessen.

Luzele.

Ka Mensch af der ganzen Welt soll von der Heirat was hören, nit amol die Bergler=Mahm.

Bürgermeister.

Sei so guat! — Die am allerwenigsten. Also mirk' Dir's. (Droht mit dem Finger.) Mach' jetzt zum Knecht Peter an Sprung und sag' ihm, er soll g'schwind das Steirerwagerl einspannen. Kutschiren werd' i schon selber, das sag' ihm a.

Luzele.

Alles soll g'scheh'n, wie Ihr wollt, liaber Vater. (Ab in's Haus.)

6. Scene.

Bürgermeister, später Hans und Luzele.

Bürgermeister (aufathmend).

J bin z' todt froh, daß mei' Tochter sicher nit in's Wasser springt, wann sie den Hansel just nit kriegen sollt'. — Er erbarmt mir eigentlich; der is so vernarrt in das Diandl, daß er völlig vergißt, daß er der Doctor Hansel is. — Die Leut' sagen, daß sich die Bekanntschaften, die in den so= genannten „Sommerfrischen" g'macht werden, nit amol bis zum Winter halten, just so wie die Plutzerbirn. Mir kummt's vor, als ob's der Liabschaft g'rad' so geh'n wird. — Wann der Hansel die schönen Wälder, die grünen Wiesen, die hohen Berg', die lustigen Bacherln und die g'müathlichen Leut' nit mehr um sich herum sehen werd, da werd ihm sicher a die Luzele in an andern Licht erscheinen. — J wett' d'rauf. — Ma soll nit glaben, was so a „Waldidyllen", wie die G'stu= dirten unser St. Stephan haßen, auf die Stadtleut' für an Eindruck 'macht. — J stell' mir das beiläufig so vor, als wann i um a paar Glaserln Schilcherwein z' viel getrunken hab'. — Da bin i a ganz an and'rer Mensch, mit and're Augen und and're Glieder. Aber wann i am nächsten

Morgen meine fünf Sinn' wieder mühselig z'sammtlaub', da sind' i, daß i halt doch der Alte geblieben bin. — Nur An's war an Unglück, wann der Hansel, wann er a einsieht, daß er an Plutzer g'macht hat, doch die Luzele als sei Frau abholen kummet, blos um sei Wort einzulösen. (Kratzt sich hinter dem Ohre.) Teufel! Teufel! Da haßt's pfiffig sein, daß das doch nit g'schicht. (Es beginnt zu dämmern.)

    Hans (tritt im Reiseanzuge mit Luzele aus dem Hause).

Ihr seht mich zur Reise bereit.

    Bürgermeister.

Das war aber schnell. Wart', i zieh' nur an bessern Rock an, dann bin i a wieder da. (Zu Luzele.) Sagt's Euch noch g'schwind, was Ihr Euch noch zu sagen habt, und dann haßt's: „Guate Nacht! St. Stephan!" (Ab in's Haus.)

    Hans (zärtlich).

Luzele! Jetzt in diesem tiefernsten Momente, wo ich von Dir wandern muß, jetzt sage mir offen und aufrichtig: Hast Du mich so recht vom Herzen gern, wie z. B. das herrliche Volkslied sagt: „Wie der Himmel seine Stern'"?

    Luzele (zuckt bei den letzten Worten zusammen).

Das is a Frag', die i nit so mir nix dir nix beantworten kann. — J mein' halt immer: a g'scheidter Mann muaß es sehr bald heraus haben, ob ihn a Diandl gern hat oder nit. In Benehmen liegt das Gernhaben und nit in Reden. Wie i mi gegen Di benummen hab', just so hab' i Di a gern. Bist jetzt zufrieden?

    Hans.

Und ob ich's bin, Du mein herziger süßer Schatz. (Preßt einen Kuß auf Luzele's Lippen.)

Bürgermeister (tritt aus dem Hause. Sein erster Blick fällt auf die sich Küssenden).

Bin nur neugierig, wie lang die Bußlerei dauern wird. (Schlägt sich mit der Hand vor die Stirne.) Jessas, richtig hab' i wieder mei' Tabakpfeifen am Tisch vergessen. (Geht nochmals rasch in's Haus ab.)

Luzele.

Du, daß Du mir an recht langen Brief schreibst, sobald Du z' Haus an'kummen bist. I werd' Dir dann schon antworten. Därfst mi aber nit auslachen; denn so kann i nit schreiben als wie Du, 's is aber a nit zu verlangen von mir.

Hans.

Gewiß werde ich Dir unmittelbar nach der Ankunft in meinem Heim einen ebenso zärtlichen als langen Brief schreiben. — Und nun, mein süßer Engel, lasse Dich noch ein letztes Mal auf Deine Kirschenlippen küssen und dann: Gott befohlen. (Küßt Luzele abermals.)

Bürgermeister (aus dem Hause tretend, für sich).

Was, die sein noch immer nit fertig; aber amol muaß die G'schicht' ja doch an End' nehmen. (Zu Beiden.) He! därf i a mithalten?

Hans (geht dem Bürgermeister entgegen).

O ja; kommt an meine Brust mein theurer, väterlicher Freund! (Umarmt den Bürgermeister.)

(Hinter dem Hause rechts wird der Hintertheil eines sogenannten Steirerwagens vorgeschoben. Ist Raum für ein Pferd vorhanden, so wird das ganze Gefährte in der Richtung von rechts nach links für das Publikum sichtbar.)

Bürgermeister (entwindet sich der Umarmung).

Kinder, jetzt müssen wir aber schauen, daß wir weiter kummen, sunst haben wir glei a paar unnöthige Zuschauer. (Zu Hans.) Abschiedsred' halt i Dir kane, weil wir uns ohnehin bald wieder seh'n werden; desto feierlicher werd der Empfang sein. — Alsdann: vorwärts, vorwärts; an Abschied muaß kurz sein, sunst macht Aner dem Andern das Herz schwer.

Hans (reicht Luzele die Hand, während sich der Bürgermeister in den Wagen setzt).

Leb' wohl, Stern meiner Zukunft, leb' wohl, meine traute Heimath! — Auf baldiges, recht fröhliches Wiedersehen!

Luzele (geht mit Hans zum Wagen).

Gott beschütz' Di.

Hans (setzt sich in den Wagen und reicht Luzele nochmals die Hand, während der Bürgermeister mit der Peitsche knallt. Der Wagen rollt unter „Pfiat=Gott=Rufen" der Insassen von dannen. Luzele winkt mit dem Taschentuche eine Zeitlang nach, dann geht sie in Gedanken versunken nach vorne. Es ist mittlerweile Abend geworden).

7. Scene.

Luzele, später Fritz hinter der Scene.

Luzele (traurig).

Er is fort. — Alles hat mi verlassen. Sogar die lieben Vogerln, die mir alle Abend so herzig „guate Nacht" wünschen, haben sich heut' versteckt vor mir. — I waß nit, es is mir af amol so ängstlich. Es kummt mir vor, als ob sich sogar die Bleamerln im Gras von mir abwenden thäten. Und dort, die dunklen Tannenäst', winken die mir nit zu, als ob sie sagen wollten: (Drohend.) Luzele! Luzele! — Hab' i denn kan Menschen mehr auf der Welt, dem i mei' Herz ausgießen kunnt'?

Partitur Nr. 12.

(Singt.)

„Ach wie selig war i
Und wie schön war die Zeit,
Wo mei' Nachtigall=Liad
Alle Welt hat erfreut.
Und jetzt bin i allan
Und mei' Herz hat ka Ruah,
Denn es gibt halt ka Glück
Ohne Herzlab dazua."

Hab' nur Lustigkeit 'kennt,
Und nur Freud' um mi 'rum,
Da hat's Schicksal mir 'trutzt,
Mir die Lustigkeit g'numm'.
Hab's dem Herrgott geklagt,
Der in's Herz 'nein mir guckt;
Denn ka Mensch därft's nit wissen,
Wie's im Herz b'rin mi druckt."

Du mei liaber Gott, hab' i denn was Unrechtes gethan, daß mir af amol so hart um's Herz is? — Der Hansel is ja doch so a herzensguater und braver Mensch, der nur af mein Glück denkt. — Mein Glück sag' i, is das wohl a christlich und nach der heiligen Religion? Soll ma nur auf sei eigenes Glück denken?

Partitur Nr. 13.

(In diesem Augenblicke ertönt auf dem Waldhorn ein Lied hinter der Scene.)

Luzele (lauscht).

Was is benn das? — — — (Aufgeregt.) Das is ja das Liab, was mir der Fritzl vorg'sungen hat, als er mir den Vorwurf g'macht hat, daß i gegen ihn nit aufrichtig war'! (Laut.) Bin i aber a aufrichtig gegen ihn!? (Preßt die Hände an's Herz.) Mein Gott! Wie's mir da b'rin weh' thuat! Es is, als ob Wer mit an glüh'nden Eisen mir in's Herz stoßet!

Fritz (beginnt hinter der Scene zu singen).

„Af amol fallt's mir ein:
Guckst a in's Kammerl 'nein,
Wo sich die „Liab" versteckt,
Von „Freundschaft" schön verdeckt,
I ruck' die Freundschaft weg,
Sitzt Aner b'rin ganz keck,
Schaut mi großmächtig an —
I armer Mann! —"

Luzele (während des Gesanges).

Das is dem Fritzel sei' Stimm'. Allmächtiger! es is furchtbar, was i leiden muaß! Den Schmerz ertrag' i nit länger. Mein Gott, verzeih' mir: **das war die erste Sünd' in mein' Leben.** (Sinkt laut schluchzend auf die Bank.) Armer, armer Fritz!

(Vorhang fällt.)

Actus.

2

Entr'acte (Partitur Nr. 14).

Vierter Akt.

(Hans Studirstube. Links eine Thüre, rechts an der Wand ein Divan. In der Mitte schief ein Schreibpult. Auf diesem unter Andern ein Briefpapier-Carton und ein Leuchter. In der Lade ein Etui mit einem Medaillon. An den Wänden Zeichnungen von chemischen Apparaten.)

1. Scene.

Lisette allein (ältere Person kokett in Kleidung, Geberde und Sprache. Spricht prononcirt schriftdeutsch. Staubt Möbel ab).

Was mein Doctor nur haben mag; er wird mir von Tag zu Tag räthselhafter. Seit seiner Rückkehr vom Lande ist er noch verschlossener als früher; dafür jedoch lange nicht mehr so schroff und aufbrausend. Im Gegentheil, er schlägt mitunter sogar einen recht gemüthlichen Ton an. Wie herzlich er nur lächelte, als er mich unlängst überraschte, wie ich just eines der Alpenlieder sang, welche er mitgebracht hat. Das Compliment, mit dem er mich auszeichnete, werde ich nie vergessen. „Sie singt ja wie eine Nachtigall a la felis domestica." — Offenbar wollte er mit dem lateinischen Spruche sagen: „Schade, dass sie eine Domestike ist!" — Nun ja, wer weiß, ob ich meinen Beruf nicht verfehlt habe. Dass meine Stimme hübsch ist, muss ich selber eingestehen, namentlich für das Anschlagen warmer Herzenstöne ist sie wie geschaffen.

(Singt outrirt und manirirt.)

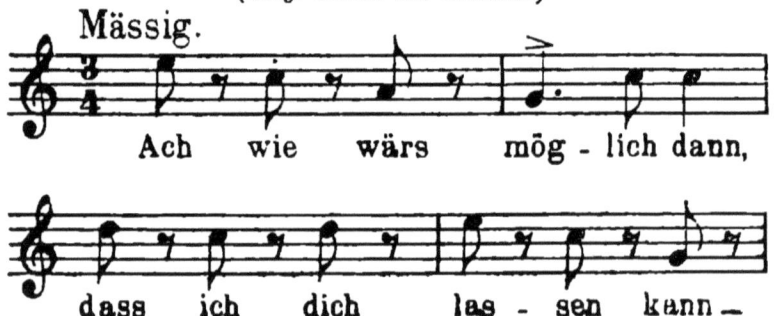

Ach wie wärs mög-lich dann, dass ich dich las-sen kann

Und so weiter, und so weiter. — Ach! — Wenn ich mich dem Doktor so recht in's Herz hinein singen könnte! — Wie unendlich glücklich wäre ich, wenn er dann zu mir sagen würde, wie Romeo zu seiner Julie sagt. (Singt.)

Reich mir die Hand mein Le-ben,
komm' auf mein Schloss mit mir

(Traurig.) Vorläufig muß ich mich wohl mit dem zufrieden geben — (staubt weiter ab) was mir das rauhe Schicksal beschieden hat, (erblickt den Karton auf dem Pulte — ärgerlich:) aber immer muß der Karton da herumliegen, der gehört hier hinein. (Oeffnet die Lade.) Daß die Junggesellen sich an keine Ordnung gewöhnen können. (Erblickt das Etui — überrascht.) Ein Etui? — (Selbstbewußt.) Bis jetzt hat es zwischen mir und meinem Doctor kein Geheimniß gegeben; — so muß es auch sein und bleiben. (Oeffnet das Etui.) Ha! Ein Medaillon! — (Entzückt.) Und wie schön! Diese herrlichen Verschlingungen von Perlen und Diamantsplittern. — Was seh' ich! Diese Verschlingungen geben ja den Buchstaben „L". (In freudiger Verwirrung.) L! L! — Lisette! — Endlich, endlich wird mein kühner Traum zur Wirklichkeit! Ach! (An der Thüre wird geklopft.) Um Himmels willen, wenn man mich überraschte! (Gibt das Medaillon rasch in's Etui und dieses in die Lade.) Herein!

2. Scene.

Lisette und Leonie.

Leonie (junge elegante Dame).

Guten Tag, Lisette, — ist Doctor Bergler zu sprechen?

Lisette.

Ah, gnädige Frau, was verschafft uns die besondere Ehre?

Nein, daß gerade heute der Herr Doctor ausgehen mußte! Aber, er kann jeden Augenblick kommen.

Leonie.

Dann will ich ihn erwarten. — (Setzt sich auf den Divan. Zu Lisette, die hinausgehen will.) Bleiben Sie nur, Lisette, und sagen Sie mir, was hat denn eigentlich Ihr Herr? — seit einiger Zeit ist er nicht wieder zu erkennen! Geht es ihm mit seinen Arbeiten nicht zusammen? Ist er leidend? Er spielt doch nicht etwa an der Börse?

Lisette.

Weder das Eine, noch das Andere, noch das Dritte, das weiß ich bestimmt! (Auf das Herz zeigend.) Aber vielleicht . . . na, warum sollte er sich nicht auch einmal verlieben?

Leonie (verlegen).

So? — (Sich fassend.) Allerdings, warum sollte er nicht auch lieben . . . . (Zu Lisette.) Wissen Sie vielleicht etwas darüber.

Lisette.

Wissen nichts, — — — aber ich ahne etwas!

Leonie.

So, — Sie ahnen etwas?

Lisette (nicht kokett).

Hm, Hm, — wenn Sie mich nicht verrathen, so will ich Sie auch ahnen lassen. — (Oeffnet auf eine demonstrirende Bewegung Leonies die Lade und überreicht ihr das geöffnete Etui.) Nun, gnädige Frau, ahnen Sie schon etwas?

Leonie (überrascht).

Ah, wie schön! (Bei Seite.) Ein „H" und ein „L". Mein Gott, sollte das . . . .? (Laut.) Und wissen Sie auch, wer die Glückliche ist?

Lisette.

Ich kann mir's wenigstens denken. (Man hört von Außen eine Frauenstimme rufen: „Lisette".) Sie haben gehört! Ich werde gerufen! (Schlau.) Wie können Sie nur im Zweifel sein — (auf das Etui zeigend) was dieses „L" bedeutet! (Geht selbstbewußt ab.)

Leonie.

Allerdings, — wie kann ich noch länger zweifeln, daß dieses „L" Leonie bedeutet, daß er mich liebt! — Die Trennung hat die Wandlung in ihm hervorgerufen, denn seit seiner Rückkehr fand ich ihn verändert. — Und ich Thörin, ich schrieb sein launisches und störrisches Wesen einer andern Liebe zu! — Aber in diesem Augenblicke will ich ihm nicht begegnen, — ich würde mich verrathen!

Lisette (zurückkehrend).

So, jetzt stehe ich wieder zu Diensten.

Leonie (legt das Etui auf den Tisch).

Danke. Sagen Sie dem Herrn Doctor, ich komme wieder.

Lisette.

Kann ich sonst nichts ausrichten?

Leonie.

Nein, das will ich schon selbst besorgen. Guten Tag. (Ab.)

Lisette.

Küß' die Hand! (Pause.) Was der Besuch bedeuten mag? Die Gnädige ist heute zum ersten Mal bei uns. Ihr Bruder, der kommt sehr oft, der ist aber auch der Freund meines Herrn Doctors! Und erst will sie ihn erwarten, und dann lauft sie auf einmal davon? — Sie wird sich doch nicht wirklich für Hans — (sich verbessernd) — für meinen Herrn interessiren? — Ich habe schon einmal dergleichen gehört — (plötzlich herausplatzend) — sie wird doch nicht eifersüchtig sein? Mein Gott, die Arme! Das wird ihr wenig nützen! Habe etwa nicht ich vor Allen den Schmuck verdient? Am Sonnabend sind es genau 10 Jahre, daß ich für meinen Doctor die Wirthschaft führe. Liegt es da nicht auf der Hand, daß er mir an diesem feierlichen Gedenktage in irgendwelcher Weise seine Zufriedenheit ausdrücken wird? Und womit kann einem jungen Mädchen mehr Freude bereitet werden, als mit

Schmuck? — (Kindlich naiv.) Wer weiß, ob wir an diesem Tage nicht gegenseitig unsere Herzen entdecken. — Daß die zehn Jahre, die ich bei ihm zugebracht habe, spurlos an meinem Gesichte vorüber gegangen sind, das muß ich mir selber eingestehen — aber auch Andere sagen es. Zum Beispiel der flotte Student, der Sonntags bei uns Freitisch hat, behauptet steif und fest, daß ich täglich jünger aussehe. Das Sprichwort lautet: „Von Kindern und Narren kann man die Wahrheit erfahren?" — Ein Kind ist der Student nicht mehr und noch weniger ein Narr, also muß sein Urtheil wahr sein. (Beim Abstauben des Bücherschrankes.) Ei, da ist ja das herzige Lied, womit ich meinen Doctor wieder einmal überraschen möchte. (Nimmt ein Notenblatt und schlägt es auf.) Ich will es auch so innig und warm als möglich zum Vortrag bringen. — Es muß ihm dabei ganz kalt über den Rücken laufen. — Den Anfang nehme ich noch ziemlich ruhig. (Singt mit prononcirter Aussprache des Dialektes.)

Dann wird mit zitternder Stimme die Schüchternheit ausgedrückt. (Singt.)

Und nun kommt die Liebe zum gewaltigen Ausbruche. (Singt fortiffimo.)

Und ich —

(Schnappt bei dem hohen Tone mit der Stimme um.) O weh! Ich habe das Lied etwas zu hoch erwischt. — Macht übrigens nichts. (Bedeutungsvoll.) Mit der Zeit werde ich die richtige Tonart schon finden.

3. Scene.

Lisette, dazu Hans.

Hans (tritt rasch ein. Ernst und strenge).
Was geht hier vor?

Lisette (eingeschüchtert).
Nichts, gnädiger Herr Doctor. Was soll denn vorgehen?

Hans.
Aber Sie hat doch soeben einen Angstschrei ausgestoßen.

Lisette (verlegen).
Ja so. Ich — ich — ich bin auf einen spitzen Gegenstand getreten, wahrscheinlich auf einen Schuhnagel.

Hans.
Nun, so kehre Sie das Zimmer sorgfältiger aus. — Lasse Sie mich allein.

Lisette (für sich).
O weh! O weh! Heute hat er wieder seinen Tag! (Ab.)

4. Scene.

Hans, später Lisette, Leonie.

Hans (mißmuthig auf= und abgehend).
Nirgends Ruhe, nirgends Rast! Wie ein gespenstiger

Schatten verfolgt mich der Gedanke, daß ich vielleicht doch einen Fehler begangen habe. Ueber das Ungewöhnliche einer ehelichen Verbindung mit einem Mädchen vom Stande Luzele's wollte ich gerne hinwegsehen, wenn ich die volle Ueberzeugung hätte, daß mich dieses Mädchen auch liebt. Sind aber die Gefühle, die es für mich hegt, auch wirklich Liebe? Können sie nicht der Ausdruck der Eitelkeit sein, oder des Bestrebens, sich über den eigenen Stand zu erheben? Um was haben sich auch Luzeles Gespräche zumeist gedreht? — Um eitlen Tand und Flitterwerk. Vielleicht empfindet sie jetzt schon Reue, da ihr dieser Gesprächsstoff fehlt? — Soll ich dieser Reue durch Einsendung des zum Brautschmuck bestimmten Medaillons begegnen? — Es ist unglaublich, mit welch' fieberhafter Spannung ich einen Brief von ihr erwarte. — (Tippt sich mit der flachen Hand auf die Stirne.) Hans, Hans! Du scheinst das „respice finem" doch nicht genügend erwogen zu haben. Hm, hm. (Läßt sich auf den Divan nieder.) Wenn ich bedenke, zu welch' kindischen, geradezu unwürdigen Handlungen ich mich unter dem Einflusse der St. Stephaner Jdylle und der Waldzauberin habe hinreißen lassen, so muß ich mich jetzt fast schämen. — Ach ja, die Rückkehr zum Berufe läßt so Manches in anderem Lichte erscheinen. Allerdings schwebt mir Luzeles Bild noch immer verklärt vor Augen; allein wenn ich die grundverschiedenen Verhältnisse, unter denen wir Beide leben, in Betracht ziehe — (zögernd) so — möchte — ich — fast —

Lisette (rasch hereinstürzend).

Ich bitte, Herr Doktor...

Hans.

Stören Sie mich nicht!

Lisette.

Soll ich das der gnädigen Frau sagen?

Hans.

Welcher gnädigen Frau?

Lisette.

Nun, der Frau Leonie...

Hans (einfallend).
Leonie ist hier? (Sich ausbessernd.) Das heißt — Frau...
Die gnädige Frau. — (Sie anherrschend.) Wie können Sie Frau
Leonie warten lassen — rasch herein. — (Lisette öffnet die Thür
mit Zeichen, daß es in seinem Kopfe nicht richtig sei.) Sie sind doch wirk=
lich... (Sehr liebenswürdig Leonie entgegeneilend und ihr die Hand küssend.)
Ach, gnädige Frau, welche Freude —

Leonie.

Verzeihen Sie, daß ich so alle Schranken der Etiquette
durchbreche und Sie bis in Ihr Heim verfolge — (Nimmt den
ihr angebotenen Platz an.) Aber „Erstens" habe ich zwingende
Gründe...

Hans.

Und Zweitens...?

Leonie (schalkhaft).

Ist ja ein Gelehrter niemals ein lediger Mann.

Hans.

Nennen Sie mich lieber gleich einen alten Herrn.

Leonie.

Warum nicht gar — nur einen Herrn, dem zum Alter
nichts weiter als die Jahre fehlen.

Hans.

Fahren wir zu den zwingenden Gründen, zu dem „Erstens"
zurück, mit dem „Zweitens" hab' ich kein Glück.

Leonie.

Da muß ich Sie vor Allem daran erinnern, daß Sie
meinem Bruder Constantin versprochen haben, bei seiner
Trauung mit Irene als Zeuge zu fungiren.

Hans.

Daran müssen Sie mich erinnern?

Leonie.

Sie haben's noch nicht vergessen? Ich dachte nur, weil
Sie uns überhaupt vergessen zu haben schienen. — (Da Hans
sprechen will.) Bemühen Sie sich nicht, — seit Ihrer Rückkehr
aus St. Stephan haben wir Sie keine dreimal bei uns ge=

sehen. Heute müssen wir Sie aber zum Thee haben, — Sie werden Irene kennen lernen — Sie kommen doch?

Hans.

Meine Hand darauf!

Leonie.

Diese Antwort wollte ich meinem Bruder bringen. Er wäre selbst gekommen, aber Sie wissen ja, ein Bräutigam hat wenig Zeit, — oder vielmehr, woher sollten Sie das wissen... ein Gelehrter...

Hans.

Schon wieder? Was habe ich verbrochen, daß Sie so grausam mit mir verfahren...

Leonie (weich).

Ich zürne Ihnen, weil Sie sich selbst quälen, weil Sie nicht aufrichtig gegen Ihre Freunde sind, weil Sie sich von denen lossagen, deren Sympathien Sie besitzen und — (plötzlich wieder in einen heiteren Ton übergehend) weil — weil Sie Ihr Gemüth für eine Retorte halten, in die Sie jeden Morgen einen Tropfen Kummer, zwei Tropfen Galle und sieben Tropfen Griesgram schütten, darunter ein Zornesflämmchen anzünden und ihr ganzes Wesen mit dem hervordampfenden Schwermuth erfüllen. (Aufstehend.) Sehen Sie, — ich verstehe auch etwas von Chemie.

Hans.

Ach, wüßten Sie, wie's in meinem Innern aussieht?

Leonie.

Rasch — beichten Sie!

Hans (ergriffen).

Wie kann, wie darf ich das, — gerade Ihnen gegenüber! — (Kleine Pause.) Doch — (wie von einem Gedanken erfaßt) ja — es muß sein und es geht! (Bietet ihr einen Platz an, Beide setzen sich.) Hören Sie! — Ich habe einen Freund!

Leonie.

Constantin.

Hans.

Nicht ihn, einen andern, den ich auch wie ihn, wie mich selbst liebe.

Leonie (langsam).

Wie sich selbst!

Hans.

Mein armer Freund, nun, — ah, es ist eine sehr traurige Geschichte, die Sie gewiß langweilen wird...

Leonie (bestimmt).

Nein, ich will Sie ganz hören — ganz!

Hans.

Mein Freund also, — auch ein Mann, der vom Alter Alles hatte bis auf die Jahre, — kurz, wie ich ein Gelehrter...

Leonie (langsam wie früher).

Ein Gelehrter wie Sie!

Hans.

— betete ein junges Wesen an, eine Witwe.!.

Leonie (unwillkürlich).

Ah!

Hans.

Eine Frau, schön, stolz, voll Geist und Herz, — das Ideal eines Weibes...

Leonie (weich).

Hans!

Hans.

Und darum unerreichbar für ihn, den verzopften Gelehrten, den schwefelsauren Hausfreund...

Leonie (entrüstet).

Wer sagt das?

Hans.

Mein Freund... sagte sich's selbst, und floh in die heimatlichen Berge, um dort Vergessen zu finden!

Leonie.

Vergessen... Vergißt man derlei?

Hans.

Oh, zweifeln Sie nicht, man vergißt, wenn auch nur auf Augenblicke. — Kennen Sie die Majestät unserer Berge, die Schönheit unserer Thäler, die Poesie unserer Wälder und den bestrickenden Zauber unserer Lieder! Doch nein, man muß in diesen Thälern geboren sein, man muß die Majestät dieser Berge mit den Kinderblicken bewundert, den Duft dieser Wälder mit vollen Lungen eingeathmet, den Zauber dieser Lieder mit warmem Herzen empfunden haben, um zu begreifen, wie dieses Paradies auf den Menschen wirkt, dessen Heimat es ist! Und nun stellen Sie ihm in diesem Paradies das Weib gegenüber und verlangen Sie, daß er sich nicht selbst verlieren soll.

Leonie (ernst).

Sie haben sich...

Hans (verlegen).

Mein Freund — nicht ich — **mein Freund!**

Leonie (ungestüm).

Fahren Sie fort!

Hans.

Welchem Manne tritt die Heimath nicht in der Gestalt eines Weibes am verführerischsten entgegen. Ach, und ich — das heißt mein Freund, begegnete einem Mädchen, so stolz wie unsere Berge, so schön wie unsere Thäler, so duftig wie unsere Wälder und so sangesfroh wie unsere Nachtigallen! Der Zauber der in diesem herzlieben Wesen verkörperten Heimat, schlug meinen Freund in seine Fessel — er ließ im Banne...

Leonie (rasch).

Sein Herz —?

Hans.

Nein... seine Hand!...

Leonie (erleichtert).

Also doch... Ihr Freund...

Hans (auf die Einrede nicht achtend, fortgerissen).

Ach, Leonie, was hat er in diesen bangen Zweifeln gelitten, was leidet er noch! — Mit dem Staube der Heimat schüttelte er ihren Zauber vom Leibe und bei der nüchternen Arbeit kam die Vernunft wieder über ihn! Kann sich Ungleich und Ungleich zusammengesellen, ist die Ehe nicht mehr als ein Bund der Herzen, ist sie nicht auch ein Bund der Seelen? Der Geister? Der Menschen, mit allem Menschlichen, was in ihnen wohnt, der Stubenhocker und das Waldvögelein...

Leonie (bitter).

Der Weltmann... und die Bäuerin...

Hans (gereizt).

O, nicht so, meine Gnädige, sie ist ein reizendes Kind, — aber liebt sie ihn auch, — nur darum kann es sich handeln! War's nicht Eitelkeit, — Hochmuth, oder auch flüchtige Selbsttäuschung, die seiner Werbung ein jubelndes „Ja" entgegenrief...?

Leonie.

Wie heißt das Mädchen?

Hans.

Luzele...

Leonie (für sich).

Und doch er — (indem sie langsam zum Tisch tritt und das Etui nimmt für sich) ... L... Luzele (laut.) Wenn Sie sich verbunden, so kommen Sie mit Ihren Zweifeln zu spät! Da — (gibt dem erstaunt dreinschauenden Hans das Etui) — zögern Sie nicht länger und senden Sie Ihrer Braut... das Hochzeitsgeschenk!... Werden Sie glücklich! Und leben Sie wohl! (Ab.)

Hans (erst in stummer Verwirrung das Etui betrachtend — Pause — dann plötzlich).

Leonie... Leonie... Zu spät! (Läutet.) So mögen die Würfel fallen! (Zur eintretenden Lisette.) Da — machen Sie das Etui ein, ich will es zur Post schicken.

Lisette (übernimmt es).

Per Post? (Hält ihm einen Brief hin.)

Hans (ungeduldig).

Ja doch... per Post... (Nimmt ihr den Brief aus der Hand.) Was soll's mit dem Brief? (Ihn ansehend.) Aus St. Stephan

Lisette.

Er ist eben angekommen. (Während Hans den Brief öffnet, geht sie zum Tisch, um das Packet zu machen — für sich.) Er wird mir das Medaillon doch nicht per Post schicken wollen, — was doch die Gelehrten schüchtern sind.

Hans (hat rasch das Couvert aufgerissen und mit steigernder Aufregung gelesen. Zuckt plötzlich zusammen, blickt starr vor sich hin. Kleine Pause. Wirft den Brief auf den Tisch. Es hat zu dämmern begonnen. Schmerzlich.) Dort vergessen... hier verschmäht! — Pfui, Hans, wer wird so rasch die Flinte in's Korn werfen! — (Nimmt Hut und Stock.) Ich bin ja zum Thee geladen, — ich habe sogar mein Wort gegeben, bei demselben zu erscheinen — nun denn — (setzt den Hut auf) ich werde mein Wort halten! (Will ab.)

Lisette.
Herr Doctor — und das Packet...

Hans (ärgerlich).
Das können Sie sich behalten.

Lisette (aufbringlich).
Ich hab's ja gewußt, daß das schöne Medaillon für mich bestimmt ist! (Zärtlich.) Und was bedeutet das H und L... sagen Sie mir das auch gleich...

Hans (der mit einem Male begreift).
Das bedeutet, — daß ich Ihrer Dienste nicht mehr bedarf... H... L... Hinaus, Lisette! (Ab.)

Lisette (außer sich).
Oh! Das hab' ich mir anders gedacht!

(Zwischenvorhang.)

Verwandlung.

(Freier Platz vor dem St. Stephaner Gemeindegasthause, das rechts vorne steht. Links vorne Michel's Wohnhäuschen. Links rückwärts wird die Dorfkirche angenommen. Vor dem Gasthause ein paar primitive Tische und Bänke. Beim Aufziehen des Vorhanges hört man entferntes Jauchzen und Hochrufen.)

6. Scene.

Die 6. Scene kann eventuell wegbleiben und sofort mit dem Hochzeitszuge (7. Scene) begonnen werden. Hans, Leonie Waberl und Stöfel, dazu Mahm, später Michel.

Stöfel (schleicht verstohlen auf Waberl zu, die einen Tisch mit frischen Linnen deckt, und stiehlt ihr einen Kuß).

Waberl (als Kellnerin gekleidet, droht schelmisch mit dem Finger).
O Du Schlankel, Du schlimmer.

Mahm (im Sonntagsstaat, tritt a tempo, als Waberl von Stöfel geküßt wird, von rechts Mitte auf. — Entrüstet).

Na, was heutintags in die jungen Leut' für a Schlechtigkeit steckt! — Wann der Stöfel mir das thuat, so hau i ihm Ane aba, daß er über'n Tisch purzelt.

Stöfel (stiehlt Waberl abermals einen Kuß).

Mahm (spöttisch).

Wünsch' guaten Appetit.

Stöfel (ohne sich umzusehen).

Danke, danke, schmeckt gar nit übel.

Waberl (die sich umgedreht).

O Jemine! Jetzt is der Tratsch fertig. (Das Jauchzen hinter der Scene wiederholt sich.)

Stöfel.

Ja, was is denn mit Euch, geht's Ihr denn nit mit'n Hochzeitszug?

Mahm.

Das geht Di gar nix an, mit wem i geh'! sag' mir liaber, hast Du den Michel nit g'seh'n?

Stöfel.

Na.

Mahm (zu Waberl).

Und Du a nit?

Waberl.

Na.

Mahm.

I will Dir was sagen, Stöfel; wann Du ihn suchen gehst, reb' i nix. Gehst Du aber nit — (drohend) dann — —

Waberl.

I bitt Di', geh'!, geh'! Du kennst doch der ihr Goscherl, ihr herzig's.

Stöfel.

Meintwegen. (Küßt Waberl, die in diesem Augenblicke knapp neben der Mahm steht, von der Seite auf die Wange und läuft rechts Mitte ab.)

Mahm (schnellt mit dem Kopfe zur Seite).

Dei Glück, daß Du mi nit getroffen hast. — (zu Waberl

schlau.) Hörst, Waberl, is das wahr, was die Leut' von Dir reden, daß der Stöfel über Hals und Kopf an aner Kinderwiegen arbeitet?

Waberl (empört).

Na, so a Niederträchtigkeit war noch nit da. Das sag' i jetzt dem Stöfel, dann g'freut's Euch, alter Giftzahn! (Läuft scheltend rechts Mitte ab.)

Mahm (reibt sich die Hände).

So, die Zwa hätt' i glücklich fortgebracht. Jetzt woll' ma die armen G'fangenen erlösen. (Geht auf Michels Häuschen zu und klopft auf das Fenster.) Hans, kannst schon 'raus kummen, die Luft ist rein. (Hans, Leonie, Beide in Reisekleidern, kommen heraus. Hans, die beiden Hände der Bergler-Mahm ergreifend.) Nun, was sagst Du dazu, daß ich schon wieder hier bin und Dir gleich mein junges Frauchen mitbringe. —

Mahm.

Selig war i, wie mir der Michel von Deiner und (mit einem tiefen Knix) von der Gnädigen Ankunft erzählt hat.

Leonie.

Aber Tante . . . (umarmt sie) wir werden uns doch Du sagen?

Mahm.

Na, wann Sie's durchaus wollen, — i sag' Ihnen schon Du, denn wissen S', Sie san halt a gar a liab's Frauerl! Sigst es, sigst es, Hans, — das is die Rechte für Di und die Luzele g'hört zum Fritz. Ungleich g'sellt sich nit!

Leonie.

Sie werden ja auch heute vereint, — wie wir es vor acht Tagen wurden.

Hans (der Leoniens Rechte ergriffen hat).

Und wir wollten mit babei sein, um sie von ganzem Herzen zu beglückwünschen.

Mahm.

Recht so, Hans, — damit ganz Sankt Stephan sieht, daß a Jed's sein Theil 'kriagt hat. (Zum Fenster, in das Häuschen rufend.) He, Michel. Zeit is. (Hans und Leonie rechts ab.)

Michel (hat eine etwa 4 Meter lange Guirlande aus Tannenreisig und Alpenblumen um den Oberkörper gewunden. Schleicht behutsam zur Thüre heraus). Da bin i.

Mahm (ungeduldig).

Is All's in Ordnung? die Brautmauth, der Johannissegen? die Abschiedsred' und die Unschuldigkeit von die drei Brautjungfern?

Michel.

All's geht wie am Schnürl. Da hab' i die Brautmauth. (Windet die Guirlande vom Körper los.) Drei Stund' hab' i d'ran umer g'wurstelt. — Abg'fangen wird der Bräutigam da auf dem Platz. Der Johannissegen geht dösmal unter 25 Maß Schilcherwein nit ab. — Das steht fest. — Was den Abschied der Braut von ihrem Vater anbelangt, so hat die hochnasige Luzele g'sagt: sie braucht die Red' nit, die i ihr aufg'setzt hab'. Sie will so reden, wie's Ihr um's Herz is, hat sie g'sagt. — Da laßt sich alsbann nix machen.

Mahm.

Und wie steht's mit der Bravheit und Unschuldigkeit von die Brautjungfern?

Michel.

Ausgezeichnet. Kannst Gift d'rauf nehmen. Die Trudi, die Moizele und die Zili, alle Drei — wie frischg'fall'ner Schnee, so unschuldig.

(Hinter der Scene erdröhnen rasch hintereinander drei Böllerschüsse und a tempo hört man Jauchzen und Musik.)

Partitur Nr. 2 oder Nr. 10 (Marsch).

Mahm.

Marand Joseph! Der Hochzeitszug geht schon und i bin noch immer da. Also, i verlaß' mi auf Di, daß All's quat ausfallt. Jetzt haßt's aber lafen, was i nur kann, damit i mit'n Zug einmarschiren kann. (Humpelt eiligst nach rechts rückwärts ab.)

Michel.

Gib Obacht, daß Du unter kan Wagen kummst; war' schad' um's Rad. (Geht unter Mitnahme der Guirlande in's Haus ab.)

7. Scene.

Bürgermeister, Luzele, Fritz, Mahm, der alte Simon, Brautjungfern, Musikanten, Jäger, Bauern und Bäuerinnen,

Bursche und Mädchen. — Die Musik — ein Marsch — wird immer lauter. — Es entwickelt sich der Hochzeitszug von rechts rückwärts kommend. Einzelne Bursche und Mädchen, sowie Kinder laufen dem Zuge voran. Die Ordnung des Hochzeitszuges ist folgende:
1. **Ein Bursche** mit einer blumenumwundenen Stange, worauf ein großer Strauß befestigt ist.
2. **Musikanten.**
3. **Zwei Mädchen**, die aus Körbchen den Umstehenden Sträußchen zuwerfen.
4. **Bräutigam Fritz** zwischen zwei Mädchen.
5. **Zwei alte Bauern** als Beistände.
6. **Vier Jäger**, die während des Aufzuges ab und zu Pistolenschüsse abfeuern.
7. **Drei Brautjungfern**, wovon die eine einen Spinnrocken, die zweite einen Polster mit einem Gebetbuch darauf, die dritte einen Polster mit einem Rosmarinkranz darauf tragen.
8. **Braut Luzele** zwischen zwei Brautführern.
9. **Der Bürgermeister** mit dem alten Simon.
10. **Die Mahm** mit drei alten Weibern.

Einige Takte vor dem Ende des Marsches muß ein Halbkreis formirt sein, innerhalb desselben nur der Bürgermeister und der alte Simon stehen. Nach dem letzten Accord des Marsches tritt der alte Simon gegen rechts etwas vor.

Simon (ehrwürdiger Greis mit silberweißem Haar und Bart. Feierlich).

Fritz Bachler, ehelicher Sohn des Waldmüllers Jakob Bachler und Luzia Feldbacher, eheliche Tochter unseres hoch= verehrten Herrn Bürgermeisters Andreas Feldbacher, treten heute in den Stand der heiligen Ehe. — Als der Aelteste von St. Stephan stell' ich an alle verehrten Anwesenden feierlich die Frag': Hat Jemand gegen diese Ehe einen Einwand zu machen? (Alles schweigt.) Ich melde den Beiständen, daß Niemand einen Einwand erhoben hat. Für's Zweite hab' ich zu vermelden: Es ist bei uns in St. Stephan seit Menschengedenken der fromme und schöne Brauch, daß die Braut, bevor sie zum Altar hintritt, von ihren Eltern feierlich Abschied nimmt.

Partitur Nr. 15.

(Zu diesem Augenblicke beginnt die Kirchenorgel zu spielen und dauert das Spiel so lange, bis der Bürgermeister Luzele umarmt.)

Simon (anknüpfend an obige Worte sanft und milde zu Luzele).

Liebe Braut Luzia! Tretet vor und saget Eurem Vater hier im Angesicht der ganzen Pfarrgemeinde, was Ihr noch am Herzen habt.

Luzele (tritt aus dem Halbkreis vor den Bürgermeister, ihn treuherzig anblickend — mit weicher Stimme).

Vater! — In dem Augenblick, wo i von Euch scheiden muaß, um mein' Mann zu folgen, da fühl' i erst, wie schwer mir der Abschied wird. — Das Glück, a Muater zu haben, der i gar oft hätt' mei' Herz ausgießen mögen, is mir vom Allmächtigen versagt worden; er hat sie zu sich abberufen, wie i sie in meiner Kindheit noch nit hab' erkennen können. Dafür hat er mir an Vater g'schenkt, an guaten und eblen Vater. — Die schönen Lehren, die er mir 'geben hat, auf daß i brav und gottesfürchtig bleib', sie sein tief in mein Herz eingegraben. — Unser Herrgott im Himmel vergelt's ihm; das wird mein tägliches, mein inniges Gebet sein. — Vater! — Wenn i Euch jemals unwissentlich gekränkt hab'; wenn Ihr meinetwegen Kummer und Sorgen habt ertragen müaffen; — vergebt es mir, in dem heiligen Augenblick! (Faltet die Hände.) Im Angesicht von der ganzen Gemeinde bitt' i Euch um Vergebung.

Bürgermeister (tief ergriffen).

Mein theures, mein anziges Kind! — Du kannst mit ruhigen G'wissen und reinen Herzen vor den Altar hintreten, denn Du hast mi nie gekränkt; Du hast mir nur Freuden bereitet.

Luzele.

Aber i hab' noch was auf'n Gewissen, Vater. — Das Jawort, das i 'n Hans 'geben, und das i ihm gebrochen hab', — sprichst Du mich frei davon.

Hans (mit Leonie vortretend).

Dein Herz, Luzele, hat Dir den rechten Weg gezeigt und auch mir! Werde glücklich mit Deinem Fritz, wie ich es mit meiner Leonie geworden. (Reicht ihr und dann Fritz die Hand, während Luzele und Leonie sich umarmen.)

Luzele.

Nun geh' ich frohen Herzens zum Altar, — Vater. (Schluchzend.) Mein edler Vater! So legt jetzt Eure Händ' auf mein Haupt und gebt mir Euern heiligen Segen. (Sinkt in die Knie.)

Bürgermeister (breitet die Hände über Luzeles Haupt. Mit bebender Stimme).

Gott segn' Di, Gott beschütz' Di, auf daß Du recht glücklich wirst und mit Dir a Dein braver Mann. (Beginnt leise zu schluchzen, indem er Luzele sanft zu sich empor zieht und umarmt. Tableau. In diesem Augenblick verstummt die Orgel. Plötzlich ermannt sich der Bürgermeister, wirft den Kopf in die Höhe, entwindet sich sanft der Umarmung und ruft mit kräftiger Stimme.) Was sein muaß, muaß sein! He! Musikanten, spielt's was Lustiges auf, sunst fangen wir noch Alle zu platzen an.

(Die Musikanten, beziehungsweise das Orchester, spielen einen Marsch. Rasch setzt sich der Zug in der Ordnung wie früher nach der Richtung, wo die Kirche angenommen wird, in Bewegung. Die Musik hört auf zu spielen, wenn Alles die Scene verlassen hat.)

8. Scene.

Michel, dazu Stöfel, später Waberl und Mahm.

Michel (mit der Guirlande aus seinem Hause tretend).

So, jetzt fangt mei Regiment an.

Stöfel (kommt raschen Schrittes von rechts und will dem Zuge nacheilen).

Michel (für sich).

Den kann i brauchen. — (Zu Stöfel.) He, Stöfel! Haft schon lang kan guaten Schilcherwein getrunken? Red' kurz: ja oder na?

Stöfel (verblüfft).

Na.

Michel.

Dann sollst heut' an trinken. Dafür muaßt mir helfen, die Mauth spannen. Du stellst Di auf die andere Seiten und i bleib' da. (Drückt Stöfel das eine Ende der Guirlande in die Hand.) Wann der Zug aus der Kirchen z'rück kummt, dann spann' ma die Mauth fest an. — No, Du waßt ja eh', wie ma's macht! — Fix! — Heut' müssen 25 Maß Mauthwein 'raus schau'n, wovon auf Di wenigstens 5 abfallen.

Stöfel.

Oh, da bin i schon dabei.

Waberl (kommt aus der Richtung der Kirche gelaufen).

Gott! Wie die Luzele heut' sauber und lieb ausschaut, rein zum Dreinbeißen.

Stöfel.

Michel! Kumm', mach' ma mit der Waberl g'schwind a Prob'.

Michel und Stöfel (spannen die Guirlande in rechtwinkeliger Richtung gegen den Weg zur Kirche).

Stöfel.

Halt! Mauth zahlen!

Waberl (geht auf Stöfel zu und küßt ihn).

So, da hast das Mauthgeld.

Michel.

Mir a.

Waberl (die bereits über die gesenkte Guirlande getreten ist).

I bin ja schon d'rüber.

Michel.

Macht nix, deswegen krieg' i a ka Mundsperr'! — I hab' schon ganz and're Diandln gebußelt als Du bist. — Aber i kann Di zu was Andern brauchen. Hol' g'schwind aus mein' Zimmer den Johannis=Becher mit'n Wein, aber tummel' Di, der Zug muaß jeden Augenblick z'rückkummen. (Waberl ab in Michels Wohnhaus.)

Stöfel.

Michel! Michel! Dort kummt die Bergler=Mahm, magst bei der Du das Mauthgeld einheben?

Michel.

Brrrr! (Beide lassen die Guirlande bis auf die Erde sinken.)

Mahm (eiligst aus der Kirche).

Is schon g'schehen. — Sie hat — (mit hoher Stimme) „ja" g'sagt und er (mit tiefer Stimme) „ja". — Also paßt's auf, daß jetzt die G'schicht' mit der Mauth guat ausfallt. (Stoßt auf die

Guirlande, in die sie sich mit den Füßen verwickelt — empört.) Solche G'spaß verbiet' i mir.

Stöfel.

Aber sigt's denn nit; das is ja die Weg=Mauth. Seid's denn heut' schon ganz täppet?

Mahm.

Du sei nur stad, Du z'nichter Cajon! — Du waßt, was i früher g'sehen hab'. (Plötzlich hört man die Musikanten einen Tusch blasen.) Marand Josef! — J häng' da und der Zug geht schon. — So helft's mir doch; mein Gott! Das G'lachter von die Leut', wann ma mi af die Weis in die Braut=Mauth verwickelt derwischt. — Fünf Maß zahl' i, wann's mi los macht's.

Michel (zu Stöfel).

No, da sigst, Deine 5-Maß sein schon verdient. (Zur Mahm.) No, no, wird nit so schlimm sein. (Hilft der Mahm sich loszumachen.)

Mahm (athmet auf).

Gott sei Dank! Jetzt haßt's aber lafen, daß i wieder in Zug eintreten kann. (Humpelt dem Zug entgegen.)

Michel (zu Stöfel).

Jetzt is aber Ernst; jetzt haßt's aufpassen. Also, Stöfel, spann' die Mauth fest an. (Die Guirlande wird straff an= gezogen.)

9. Scene.

Vorige. Waberl und sämmtliche Theilnehmer des Hochzeits= zuges. (Einige Kinder und Bursche, die dem aus der Kirche kommenden Zuge voran eilen, schwenken, wie sie zur Guirlande kommen, nach rechts und links ab. An der Tete des Zuges schreitet diesmal Fritz mit Luzele. Knapp hinter diesen der Bürgermeister. Die übrigen Festgäste folgen in be= liebig angenommener Ordnung. Die Musikanten, die unmittelbar nach dem obenerwähnten Tusch einen Marsch intoniren, gehen mitten im Zuge.)

Michel (als Fritz mit Luzele bei der Guirlande angelangt sind).

Halt! — (Der Zug bleibt stehen, die Musik reißt a tempo ab.) Es is an alter, schöner Brauch bei uns, daß sich der frische Ehe= mann, bevor er sein' Weib ganz ang'hört, von den Jung= g'sellen erst loskauft. — J als der älteste Jungg'sell' von

St. Stephan' frag' Di, Bräutigam Fritz Bachler: „mit wie viel willst Du Di von **uns** loskafen?"

Fritz (stolz und mit sonorer Stimme).

Der Schwiegersohn des Bürgermeisters von St. Stephan ladet die Jungg'sellen der Gemeinde auf **hundert Maß Johannis=Segen** ein.

Michel.

Juhu! — Waberl, her mit'n Johannis=Becher.

Waberl (die sich mit einem großen kelchartigen Pokal schon vorher neben Michel gestellt, tritt vor Fritz und überreicht ihm den Pokal).

Fritz (nimmt mit der Linken den Pokal, die Rechte legt er segnend über den Rand desselben).

Heiliger Johannes! Segne diesen Trank und segne Alle, die aus dem Becher trinken. — Der erste Trunk gilt unserm hochverehrten Herrn Bürgermeister. Er soll hoch leben! (Trinkt unter Hochrufen der Umstehenden.)

Bürgermeister.

I dank' Euch für die Manung und Ehr'! (Nimmt den Pokal.) **Und mein Trunk gilt zuerst dem jungen Brautpaar und dann allen verehrten Hochzeitsgästen. — Groß und Klan, Jung und Alt! — Alle sollen hoch leben!** (Tusch der Musikanten. Der Bürgermeister trinkt unter allgemeinem Hochrufen.) **— Und jetzt lustig und fidel! Es soll heut' a Hochzeit sein, wie St. Stephan noch kane g'sehn hat. — Musikanten auf! Stimmt's mei Liablingstanz, den Dreischritt, an!**

Michel (schreit aus Leibeskräften).

Zug passirt! das Hochzeitsfest geht an! (Entfernt die Guirlande.)

Partitur Nr. 16.

(Die Musik beginnt. Während der kurzen Einleitung im $^2/_4$=Takt nimmt der Bürgermeister eine Kranzeljungfer, der alte Simon die Braut und Fritz die Mahm. Nur diese drei Paare tanzen während der ersten 32 Takte des Walzers.)

Chor.

„Hiaz haßt's tanzen fesch und schön,
Bis die Schuah' in Fransen geh'n;

Und ka Zeit dabei verlier'n,
Jeder Bua nimmt g'schwind sei Dirn.
Heut' werd 'tanzt die ganze Nacht,
Bis die Sonn' durch's Fenster lacht.
G'schwind an Eimer Schilcher her,
So a Hochzeit kummt nit mehr."

(Die nun folgenden 32 Schlußtakte tanzt Alles bunt durcheinander.)

Chor.

„Dem Bräutigam Hoch
Und Hoch! der Braut!
Sie leben hoch!
Dreimal hoch!

(Während des Tanzes wird von den Kellnerinnen fortwährend Getränk herbeigeschafft. Ein großes Faß mit der Etiquette „Johannis=Segen" wird angezapft.)

Michel (holt bereits zu Beginn des Walzers aus seiner Wohnung einen Luftballon, den er aufbläst und zur Ehre des Brautpaares ziemlich vorne links steigen lassen will. Während der entsprechenden Vorbereitung stößt ein tanzendes Paar an Michel an, wodurch dieser in den aufgeblähten Ballon hineingestoßen und letzterer total zerrissen wird. Dies geschieht einige Takte vor Schluß des Walzers.)

Unter allgemeinem Jubel fällt der Vorhang.

Ende.